Christa Priewe

Heitere Karibik
Kurzgeschichten

© 2013 Christa Priewe
Bucheinband und Layout: Christiane Ley
Herstellung und Verlag:
BoD – Books on Demand, Norderstedt
ISBN: 978-3-732-23604-6

Inhaltsverzeichnis

VORWORT 1
Blauäugigkeit 2
Ein wirklich netter Mensch 4
Das Geschenkpaket 6
Die Selbstamputation 7
Nachbarn 9
Dich kann man vergessen 12
Insektizid-Schaden? 13
Die Strippenzieher 15
Nachbessern! 17
Schuhputzjungen 19
Der Erholungsspaziergang 21
Die Expertin 25
Dampf ablassen 27
Ich kann nicht tanzen! 29
Gewusst, wie… 31
Du bist eine Kuh 32
Seh-Probleme 34
Ich bin ja so enttäuscht worden 36
Im Spuk- und Märchenland 37
Nur ein Spiel 39

Scherenspuk	41
Gäste	43
Vorsicht! Tropenkrankheit!	45
Verona und die Partnerbörse	46
Ein ganz normaler Mensch	53
Tierbetreuung	55
Zufall oder Schicksal	60
Zerknüll dieses Blatt	63
Wir sind Wohnhäuser	65
Verkehrte Welt	67
Wege zum Glücklichsein	69
Lebensdaten	73

VORWORT

Auf den Straßen des Lebens, - unseren Lebenswegen-, ist nie Stillstand: buntes Treiben ringsum, Wechsel von Licht und Schatten, größere und kleinere Stolpersteine, sumpfige Stellen, seltene Pflanzen überwuchertes Gelände oder auch schnurgerade glatte Abschnitte.
Manchmal sind die Straßen staubig, manchmal glitschig.
Meist richten wir unseren Blick nach vorn um zu wissen, was uns da erwartet. Doch es lohnt auch, ab und zu nach unten zu sehen, um zu erkennen, worüber wir hinweg gehen und was wir manchmal unachtsam mit unseren Füßen platt treten. Da bücke ich mich dann mal gerne, hebe ein kleines Etwas auf und halte es ins Licht, um es genauer zu betrachten. Zumeist sind es bescheidene, mitunter auch seltsam anmutende Alltagssteinchen, die ich da finde.
In meiner Kurzgeschichtensammlung sind diese kleinen Fundstücke eines zumeist humorvoll betrachteten Alltags zusammen getragen und ich hoffe, dass sich auch andere bei näherer Betrachtung daran erfreuen können.

Blauäugigkeit

Wenn man älter geworden ist, träumt man sich ab und an gern in frühe Jugendjahre zurück.. Was gab es da nicht für schöne Erlebnisse und Ereignisse! Manchmal aber leider auch nicht.
Ich erinnere mich nämlich ungern an meine damalige Naivität, die Unerfahrenheit und meine Blauäugigkeit und eigentlich bin ich ganz froh, dass ich älter und vernünftiger geworden bin.
Aufgewachsen unter freundlichen und verträglichen Menschen, glaubte ich, dass alle Menschen so wären.
Ich dachte, wir hätten alle einen ähnlichen „Bauplan" und so könnte es beim menschlichen Miteinander keine größeren Konflikte oder Verständigungsprobleme geben!
Doch als ich den Kinderschuhen entwachsen und mein Zuhause verlassen hatte, merkte ich sehr schnell, dass ich mich wohl ziemlich geirrt haben musste.
Harmonisches Miteinander der Menschen? Fehlanzeige!
Da gab es allerorts Gezänk, Missverständnisse, Vorurteile, Tratsch und Unfrieden.
Manchmal kam ich mir auf unserer Mutter Erde fast fehl am Platze vor und fragte mich, ob sie der falsche Planet für mich sei.
Doch es musste einen plausiblen Grund für solches Gegeneinander geben. Also unternahm ich es, mir meine Mitmenschen noch genauer anzusehen und entdeckte dabei eine Wahrheit, die mir endlich die Augen öffnete:

DER UNTERSCHIED VON MENSCH ZU MENSCH IST OFT GRÖSSER ALS DER UNTERSCHIED ZWISCHEN EINEM RINGELWURM UND EINER MILCHKUH!

Für mich war das damals eine tolle Erkenntnis, denn von nun an lernte ich, mich ganz anders zu verhalten.

War ich vorher oft verzweifelt, weil ich andere nicht recht verstand, begann ich nun, die Unterschiede als Natur gegeben hinzunehmen. Allenfalls suchte ich nach Ähnlichkeiten. Und die fanden sich ja sogar bei Ringelwurm und Milchkuh: beides sind Lebewesen, sie können sich bewegen, sie haben einen Kopf, einen Schwanz, sie fressen, vermehren sich, verdauen usw.

Ich lernte, dass das Anerkennen der Unterschiede „TOLERANZ" heißt und begriff, dass man nicht unbedingt jeden verstehen muss.

Ich richtete mich in meiner eigenen kleinen Welt ein und betrachtete manche Mitmenschen, vorsichtig geworden, lieber aus sicherer Entfernung, andere dagegen mit Bewunderung oder Staunen.

Bald fühlte ich mich unter ihnen sogar sehr wohl und konnte mich an dem bunten Völkchen oft erfreuen. Was gab es da doch alles zu entdecken! Oft konnte man nur schmunzeln, manchmal lachen, meist staunen und vieles dazu lernen. Vorschnelles Vergleichen und Verurteilen aber gewöhnte ich mir völlig ab, ebenso mein früheres Kopfschütteln.

So bin ich dann am Ende doch noch ein ganz brauchbarer Mensch geworden. Aus meiner Vergangenheit war nichts mehr von meiner früheren Blauäugigkeit geblieben - bis auf meine blauen Augen.

Ein wirklich netter Mensch

Eigentlich bin ich ein wirklich netter Mensch. Wenigstens finde ich das und wer schon könnte das besser beurteilen als ich selber? Schließlich bin ich schlau und kenne ich mich doch!
Und ich habe zugegebenermaßen auch nur einen ganz klitzekleinen Fehler, ganz menschlich, ganz normal.
Mein kleiner Fehler ist der, dass ich es liebe, wenn man mich für informiert hält und mir Leute zuhören, Leute, die nicht streiten, die sich mögen, die genau wissen, wo es lang geht, die einer Meinung sind, möglichst meiner Meinung.
Einigkeit, ja, das ist es, was ich suche.
Einigkeit zum Beispiel darüber, dass L. einfach nicht zu uns passt und dass M. sich unmöglich anzieht. Und dann die N.! In ihrem Alter! Scheußlich!
Übrigens der G., der soll ja nur krumme Geschäfte machen!
Eigentlich weiß ich nichts genaues, aber soll ich all die erwartungsvollen Blicke enttäuschen, die auf mich gerichtet sind? Also rede ich weiter:
„Ich habe gehört - aus sicherer Quelle, versteht sich - er hat wohl Geld unterschlagen und bei ihm wohnen will auch keiner mehr wegen der vielen dunklen Gestalten, die da bei ihm ein- und ausgehen!"
Jetzt habe ich ein Stichwort gegeben und schon wissen auch die anderen Ähnliches zu erzählen. Reihum, jeder hat eine passende Story und wir schütteln über all das Empörende in unserer Nachbarschaft und über gewisse Residenten, die wir alle kennen, einträchtig die Köpfe.
Welch schönes Gefühl! Wir sind uns einig. Wir sind anders! Wir gehören zu den Gutmenschen! Warum sind nur die anderen nicht so wie wir?

Doch neuerdings verstehe ich die Welt nicht mehr.
Stoße ich doch vor einigen Tagen, rein zufällig vor der Kaufhalle, auf die Gruppe der dunklen Gestalten um diesen G. Natürlich will ich mich schnell davon machen, doch da höre ich, dass man über Sachen redet, die mir sehr bekannt vorkommen. Ich bleibe also stehen und tue so, als ob ich etwas in meiner Handtasche suche. Und was höre ich da? Die gleichen Geschichten, wie sie neulich in unserer Gutmenschen-Runde erzählt wurden, nur andere Namen fallen. Und -ich kann es einfach nicht glauben- es sind unsere Namen, die da genannt werden! Welche Unverschämtheit! Die tratschen doch tatsächlich über uns. Ist ja nicht zu fassen! Fassungslos trete ich den Heimweg an. Ich bin total geschockt.
Seitdem schlafe ich nicht mehr so gut. Ich grüble.
Sollte mein kleiner Fehler, über andere zu reden, etwa ein großer allgemeiner sein? Habe ich mich etwa in mir getäuscht?
Ach, und ich wäre doch so gerne ein wirklich netter Mensch!

Das Geschenkpaket

Wer hat dir erzählt, du wärest nackt und ohne alles geboren worden?
Ich sage dir, du trugst von Anfang an ein unsichtbares Geschenkpaket bei dir, mit unbekanntem Inhalt.
Jeden Tag wird dir davon etwas in die Hand gegeben und du musst es so nehmen, wie es dir gegeben wird.
Doch du kannst das Beste daraus machen.
Ich höre Widerspruch. „Ich bin der Herr meines eigenen Geschicks."
Die Erklärung, wie es denn kommt, dass auch du als „Herr deines Geschicks" Ärger und Sorgen hast, bleibt du uns schuldig.
Die Wahrheit ist: niemand kann es sich aussuchen! Mal gibt es Freude, mal Enttäuschungen, mal Schmerzen und Kummer, dann wieder Überraschungen, Spaß und Glücksmomente. Du weißt nie, was als nächstes kommen wird. Und manches ist einfach nicht drin, so sehr du es dir auch wünschen magst!
Du weißt ja nicht einmal, für wie viele Tage weitere Geschenke für dich bereitliegen. Aber du weißt, irgendwann ist das Paket leer und du hast zu Ende gelebt.
Dann aber kommt womöglich noch die Hauptüberraschung:
Derjenige, der für dich dieses Paket gepackt hat, wird dir - vielleicht- sein Gesicht zeigen.

Die Selbstamputation

Hier geht es um die Gesundheit, unserem wichtigsten Gut. Die Medien schreiben oft darüber, ständig gibt es Ratschläge, was man alles tun oder lieber lassen sollte. Informationen überfluten uns, aber wer ahnt, dass manche gefährliche Krankheit oft gar nicht als solche erkannt wird? Von einer solchen Krankheit soll nun die Rede sein.
Es geht um das Krankheitsbild „Selbstreduktion", bzw. „Selbstamputation", das gehäuft in der Karibik auftritt.
Es beginnt mit schlechter Laune, verstimmt sein, Frust.
Man war doch mal so glücklich, in diesem Land leben zu können: das schöne Haus, der Garten, das Wetter und plötzlich ist alles fade! Nichts mehr von Glück zu spüren, obwohl äußerlich alles noch so ist, wie immer.
Was mag der Grund dafür sein?
Der Erkrankte glaubt, dass seine Mitmenschen daran schuld sein müssen. „Die Menschen sind einfach nicht so, wie ich es von ihnen erwarte", behauptet der Kranke und „was mich stört, wird abgetrennt." Also beginnt er mehr und mehr Menschen zu meiden, bestraft sie mit seiner Abwesenheit und zieht sich zurück. Damit ist der 1. Schritt der Amputation vollzogen.
Wie auf eine Krücke stützt er sich von nun an auf Sätze wie: „Ich brauche niemanden. Hier gibt es keine anständigen Menschen". und „Ich bin am liebsten allein".
Bald schreitet die Krankheit fort. Abgetrennt vom Leben macht sich Missmut und Lustlosigkeit breit. Die eigene Frau bekommt das besonders zu spüren: "Ich habe keine Lust. Lass mich bloß in Ruhe!" werden die Hauptsätzen in der Ehe. Doch das wird auch der geduldigsten Frau eines Tages zu dumm. So will sie nicht leben und schließlich packt sie ihre Sachen und geht. Schritt 2 der

Amputation ist erreicht und da sind auch schon die passenden Wortkrücken: „Endlich habe ich wieder meine Freiheit. Ich fange noch mal ganz von vorne an."
Es folgt Schritt 3: Mit der Frau ist auch viel Geld gegangen. Also wird das schöne Anwesen verkauft „War mir sowieso zu groß." Und mit genügend Kleingeld beginnt nun das neue Leben. Ein hübsches junges, braunhäutiges Ding wird angeschafft, Kosten und Aufwand nicht gescheut Es sieht anfangs fast so aus, als wäre unser Patient auf dem Wege der Besserung und fände den Weg ins Leben zurück. Dabei befindet er sich jetzt in einer sehr kritischen Phase der Erkrankung, nämlich in Phase 4: Die ist gekennzeichnet von einem ständigen Schwund finanzieller Mittel und gefährlicher Denk- und Sprachreduktion Sprachfähigkeiten verkümmern mehr und mehr, denn bei so wenig Spanischkenntnissen hat man sich kaum etwas zu sagen. Zwar lässt sich der äußere Eindruck von Vitalität noch für ein paar Jahre mittels Viagra und häufigem Partnerwechsel aufrechterhalten, aber die Krankheit treibt unaufhaltsam in die letzte Etappe der Selbstamputation und erreicht Phase 5.
Der Patient baut immer mehr ab. Dafür trinkt er täglich immer größere Mengen Alkohol. Allein, weil er kaum noch Geld hat, hängt er schon frühmorgens in irgendeiner Bar herum. Er lallt, sein Blick wird glasig und leer. Gleichgewichtsstörungen stellen sich ein, seine Hände zittern. Doch er trinkt ungehemmt weiter. Seine Kleidung verschmutzt; die Leute beginnen ihn zu meiden. Und eines Tages passiert es dann:
Er kippt vom Barhocker, um nie mehr aufzustehen.
Seine Krankheit, die Selbstamputation, wurde ihm zum Verhängnis. Daran musste er sterben.
Ach, hätte er doch nur rechtzeitig die Symptome dieser schleichenden Krankheit erkannt!

Nachbarn

Sind Nachbarn besondere Zeitgenossen? Eigentlich doch nur Menschen wie du und ich, dachte ich früher, aber nur bis zu jener Nacht, die ich so schnell nicht vergessen werde.
Es war eine tropisch warme Nacht, ruhig und samtschwarz. Ich musste schon längere Zeit geschlafen haben, als mich plötzlich Hundegebell weckte. Zuerst noch entfernt, dann, wie in einer Kettenreaktion, begannen nach und nach sämtliche Hunde in der Nachbarschaft zu bellen. Da hier fast jedes Grundstück von 3 Hunden bewacht wird, beteiligten sich bald mehr als 15 Hunde an der Kläfforgie und verursachten eine sehr wirksame, nächtliche Ruhestörung. Von einem tiefen rauen Bellen bis zum Stakkato kleiner Kläffer, jede Stimmlage gab ihr Bestes, um die Trommelfelle zu bearbeiten und Schlafen unmöglich zu machen.
Was war bloß los? Warum das Gebell? Ein fremder, streunender Hund im Gelände? Oder gar Ladrones, also Diebe?
Überall in der Nachbarschaft gingen die Lichter an, blitzten Taschenlampen auf. Tatsächlich, es hatten sich Diebe angeschlichen. Doch das bedrohliche Hundegebell, die erwachten Nachbarn und das helle Licht hatten sie schnell vertrieben. Ärgerlich der Hundelärm? Nein, wir waren unseren bellenden Nachtwächtern dankbar.
Mit einer Ausnahme: die Nachbarfamilie „Tierfeind".
 Diese duldete keine Hunde, verjagte jede Katze, ärgerte sich sogar über weidende Pferde. Hunde waren besonders ekelhaft und vor allem so laut. Die Devise dieser Nachbarn lautete: „Sicherheit allein durch Technik". Nur leider gingen bei Ihnen mehrmals im Monat nachts wegen technischer Störungen die Sirenen los und schreck-

ten rundum die gesamte Nachbarschaft und die Hunde auf. Doch das war für sie völlig in Ordnung, das Hundegekläff dagegen „unerträglich!" Sie konnten sich darüber so erregen, dass sie Nächte lang kein Auge zumachen konnten und Nachbarn und Hunde gleichermaßen verfluchten.

So war das auch in besagter Nacht. Da beschlossen sie, einen Gegenangriff zu starten.

Die Diebe waren verschwunden, die Tiere hatten sich beruhigt und alle waren wieder am Einschlafen, als plötzlich erneutes Gebell die Nachtruhe störte.

Nur warum klang das so merkwürdig? Anscheinend zwei ganz fremde Hunde? Sicher würde bald auch die restliche Meute einstimmen. Dann war in dieser Nacht wirklich nicht mehr an Schlaf zu denken!

Aus welcher Richtung kam das Gekläff? Auch Nachbar „Freundlich" war sehr verwundert, denn das Gebell kam genau von nebenan, da wo Herr und Frau „Tierfeind" wohnten. Unbegreiflich. Die hatten doch gar keine Hunde? Er holte seine große Taschenlampe und was er da im Lichtschein zu sehen bekam, verschlug ihm die Sprache. Da standen doch tatsächlich seine beiden Nachbarn in Nachthemd und Pyjama auf ihrer Terrasse und bellten laut und ausdauernd wie zwei tollwütige Köter!

Jetzt wollten sie es allen einmal zeigen! Nun sollten auch die anderen nicht mehr schlafen können! Erst das Aufleuchten der großen Taschenlampe ließ das Gebell verstummen und es trat Ruhe ein. Waren die beiden heiser geworden oder hatte sie das Licht ins Haus flüchten lassen?

Die Hunde ringsum jedenfalls hatten sich von den falschen Tönen der Nachbarn nicht provozieren lassen, hatten nicht mitgebellt sondern waren still geblieben.

Bald gingen die letzten Lichter aus und endlich konnte die unterbrochene Nachtruhe fortgesetzt werden.

Auch unsere verdienstvollen vierbeinigen Wachmannschaften schliefen nach getaner Arbeit ungestört und friedlich dem neuen karibischen Morgen entgegen.

Dich kann man vergessen

Ich wandle ja nun schon eine geraume Zeit auf diesem Planeten umher und habe, wie jedermann, vieles erlebt.
Ich habe mir Hörner abgestoßen, leisere Schuhe gekauft und Wege gesucht mit weniger Gegenverkehr.
Da aber traf ich Dich!
Noch ehe wir uns richtig kannten, fandest Du ständig ein Haar in Deiner Suppe und das sollte von mir sein.
Du erklärtest mir, wie ich zu sein hätte und wie nicht.
Du sagtest mir, wie viele Worte ich machen dürfte und dass ich Dir aus der Sonne zu gehen hätte, auch wenn sie nicht scheint.
Was immer ich tat, Du wolltest mich anders.
Langsam begriff ich, Dich störte schlechterdings alles an mir. Besser ich würde von diesem Planeten verschwinden!
Am Ende sollte ich auch noch dankbar sein, dass mir, - wenn auch reichlich spät - Erziehung zuteil würde und ich nun endlich wüsste, was ich von mir zu halten hätte, nämlich: gar nichts! Doch stop!
Sollte ich das vielleicht lieber von Dir denken und einfach zufrieden und freundlich weiterleben wie bisher?
Die Sonne lachte mir zu. Sie ermutigte mich.
So nahm ich denn mein Badetuch und ging hinunter zum sonnigen Strand.
Vor mir lockte und glitzerte das weite Meer und beim Eintauchen in das türkis- blaue Wasser fühlte ich eine Leichtigkeit, als würde ich schweben. Zart streichelten mich kleine Wellenfinger und ich fühlte mich unendlich wohl
Und plötzlich wurde es mir wasserklar: Dich kann man vergessen.

Insektizid-Schaden?

Immer wieder staune ich, wenn sich Menschen in kürzester Zeit charakterlich total zu ändern scheinen. So ging das mit Astrid.
Sie war einmal eine aufgeschlossene junge Frau, die Blumen über alles liebte. Sie konnte über Blumen in Entzücken geraten und wenn sie unbekannte Sorten sah, musste sie diese haben. Der Gärtner, der sich um die Pflege kümmerte, hatte sie alle in ihren großen tropischen Blumengarten gepflanzt. Die bunten Blumenbeete lagen wie Teppiche um ihr Haus und Astrid erfreute sich daran beim Gang durch den Garten oder beim Blick aus dem Fenster.
Eines Tages aber brachte ihr der Gärtner einen Gartenstrauß direkt ins Zimmer. So sah sie erstmals ihre Blumen aus unmittelbarer Nähe und erschrak. Da saß doch an einer schönen dunkelroten Keulenlilie eine Spinne! Ekelhaft! Sie schleuderte die Blume aus dem offenen Fenster. Doch was war das? An der Hibiskusblüte krabbelte auch etwas! Eine Ameise! Und an einer anderen sichtete sie eine Blattlaus! „Pfui, die Blumen haben ja Ungeziefer!", stellte sie angewidert fest und begann voller Argwohn auch die übrigen zu untersuchen. Das Ergebnis war schockierend: Es gab nicht eine Blume ohne Makel! Hier ein Käferchen, dort eine winzige Raupe und sogar eine Blattwanze! Nein, das war zuviel! Sie warf die Blumenvase einfach vor die Haustür und schrie nach dem Gärtner. „Der ganze Garten muss sofort gründlich mit Insektiziden behandelt werden und entfernen Sie diese Blumenvase!", befahl sie barsch.
Der Gärtner tat wie verlangt. Er nebelte das Anwesen gründlich ein. Doch die Blumenpracht war seitdem dahin. Unansehnliche Strünke mit hängenden Blütenköp-

fen standen traurig in den Beeten. Astrid traten Tränen der Wut in die Augen: „Schaffen sie mir diese Pflanzen vom Halse! Das sieht ja scheußlich aus! Reißen Sie sie raus!
Danach ähnelte der Garten sehr einer Abraumhalde. Darüber nun geriet Astrid mit ihrem Verlobten, der mit ihr im Hause wohnte, in großen Streit. Der endete damit, dass sie ihn aufforderte, sofort auszuziehen. Und bald, ich konnte es kaum begreifen, trennte sie sich auch von Bekannten und sogar von alten Freunden. An allen entdeckte sie nun Makel und Fehler.
Neulich kam ich an ihrem Haus vorbei.
Sie wohnt jetzt ganz allein und das Haus ist nur von kurzem, sterilen Rasen umgeben, weit und breit keine Blumen.
Natürlich sprach ich sie darauf an. Mit kaltem Blick erklärte sie mir: "Ich habe dazu gelernt und habe jetzt neue Grundsätze. Mich kann keiner mehr blenden. Ich sehe nun immer ganz genau hin und ziehe daraus meine Schlussfolgerungen." Dann begann sie, sich selbst ausführlich zu loben. Sie pries wortreich ihre Konsequenz, ihre charakterliche Geradheit, ihre Urteilskraft. Sie jedenfalls gäbe sich nie mehr mit Halbheiten zufrieden, wie gewisse andere Leute.
Ich ging kopfschüttelnd weiter, aber irgendwie tat mir Astrid auch leid.
Ob sie vielleicht durch die Insektizide Schaden genommen hat?

Die Strippenzieher

Ich liebe Geselligkeit, doch wie oft muss ich dabei Leuten zuhören, die missgelaunt sehr ausführlich von ihrer Pechsträhne erzählen wollen. Auch ich habe mich schon dabei ertappt und ich frage mich dann jedes Mal, woher es kommt, dass uns so viele Störfälle, Pannen und Ärgernisse das Leben schwer machen.
Gerade erst vor kurzem habe ich mir ein nagelneues Kaffeeservice gekauft. Doch als ich es zu Hause auspacke, fehlt ein Teller und eine Tasse ist angeschlagen. Schon beginne ich mich zu ärgern.
Ein andermal geht mein Computer kaputt. Doch warum auch gleichzeitig meine Waschmaschine und der Mixer?
Dann habe ich anderen tags auch noch einen Rohrbruch, rutsche auf den glatten Fliesen aus und zerschmettere dabei das Handy, das ich gerade in der Hand hielt, um den Installateur anzurufen.
Ich weiß, das sind Zufälle, Materialverschleiß, menschliches Versagen, technische Fehler oder eben ganz einfach Pech.
Doch müsste es nicht, frage ich mich, für solche Art von Notfällen eine zentrale Instanz geben, an die ich mich in solcher verzweifelten Situation Hilfe suchend wenden könnte?
Die scheint es aber nicht zu geben.
Oder vielleicht doch?
Ich erinnere mich an Äußerungen von Leidensgefährten:
Das Internet geht nicht. Kommentar:
„Die können uns doch nicht den ganzen Tag hängen lassen!"
In der Kaufhalle sucht jemand vergeblich nach einem Gasanzünder. Kommentar:
„Die können doch nicht dauernd umräumen!

Ein Zeitungsleser über eine geplante Steuererhöhung:
„Die können doch mit uns nicht machen, was sie wollen!"
Oder ein Elektrogerät geht kaputt. Die Feststellung:
„Die verkaufen heutzutage nur Pfusch!"

Ich ziehe das Fazit und ich glaube, jetzt bin ich der zentralen Instanz auf die Spur gekommen!
Hier laufen alle Fäden zusammen. Hier sitzen die Strippenzieher. Es sind immer die Gleichen, es sind „DIE".

Endlich weiß ich, wen ich zur Rechenschaft ziehen muss, wenn mal wieder etwas nicht klappt. oder ich Pech habe.

Und *Die* dachten wohl, ich komme ihnen nicht drauf!?

Nachbessern!

Es muss Sonntag gewesen sein, als Gott die Tiger, Löwen, Leoparden, Geparden, Luchse und Hauskatzen schuf, ein Tag besonders guter Laune, wo man Großartiges schaffen kann.
Eigentlich sollte ja der Sonntag ein Feiertag sein, aber die Katzen zu schaffen war ja auch keine Arbeit sondern ein Fest, ein reines Vergnügen.
Alles Notwendige war in der Woche getan worden, auch der Mensch war schon zurechtgebastelt. Und nun sollte noch etwas außergewöhnlich Schönes entstehen, so als Sahnehäubchen der Schöpfung.
Zu spät erkannte Gott, dass er sich mit seiner Wochenproduktion dagegen zu wenig Mühe gegeben hatte.
Aber ans Nachbessern war nicht zu denken. Er hatte einfach zu viel zu tun mit all den Millionen Welten, die noch fertig zu stellen waren.
Seine Erdkollektion war die erste und deshalb war sie wohl auch das meiste so fehlerhaft ausgefallen. Vor allem seine Idee mit dem freien Willen hatte sich nicht bewährt. Was machte es für einen Sinn, wenn der Mensch, der sich für etwas ganz besonderes hielt, nicht damit umzugehen wusste?
Der Mensch müsste von der göttlichen Gamma X Kollektion lernen, vor allem Bescheidenheit. Die Gamma X-Kollektion war wirklich sein Meisterstück geworden: intelligente, schöne, sanfte, unsterbliche Wesen, die nicht in abgehackten Sätzen miteinander sprachen, sondern sich durch Melodien, Sphärenklänge genannt, verständigten. Dieses Halbzeug auf der Erde mit den Anfängerfehlern ärgerte ihn.

Manchmal verspürte er schon Lust, alles einfach rückgängig zu machen und noch einmal von vorne anzufangen. Aber das kostete Zeit und die hatte er jetzt nicht.
Und es war nicht nur die Sache mit dem freien Willen. Auch dem Negativkraftfeld hatte er zu viel Macht eingeräumt. Ursprünglich war es eine gute Idee, zur Erneuerung und Verjüngung die Auslöschung durch Tod einzusetzen. Aber wenn man dann sah, wie wenig Kraft es erforderte, fünfzigtausend Leben auszulöschen und wie schwer dagegen eine einzige Geburt war, dann hatte er da doch einen großen Fehler gemacht.
Manchmal getraute er sich kaum noch hinzusehen, wie die Menschen herumwurstelten. Und einfach eingreifen, das ging nicht mehr. Das wäre so, als wollte man einen Blitz festhalten. Ist erstmal alles unter Spannung, muss selbst ein Gott die Finger davon lassen. Doch man konnte das Ganze auch als Experiment auffassen. Der Umschlag von Quantität in Qualität und die Energie-Masse-Relation hatte er doch auch vorgegeben. Also war noch alles drin. Sollten doch die Menschen mit sich selbst Geduld haben!
Der freie Selbstlauf konnte vielleicht noch gut gehen.
Zurzeit waren die Menschen viel mit der Erforschung des Weltalls beschäftigt. Sicher erhofften sie sich eine positive Rückwirkung auf die bedauernswerten Verhältnisse ihrer Erde. Doch Gott wusste, dass es den Forschern vorläufig nicht gelingen würde, Kontakt zu Gamma X aufzunehmen. Die Menschen mussten also weiterhin ohne fremde Hilfe auskommen.
Doch es gibt eine Hoffnung. Wenn Gott in den nächsten Millionen Jahren mal etwas Zeit hat, wird er nachbessern.
Er möchte nämlich gerne wieder der liebe Gott genannt werden.

Schuhputzjungen

Langsam gleitet die Tropensonne in ihr weiches Wolkenbett. Ein warmer weicher Wind streichelt die braun- und hellhäutigen Nachtschwärmer, die in den Straßenrestaurants Platz genommen haben und bei kühlen Getränken dem allmählichen Hellwerden der bunten Nachtbeleuchtung zusehen. Lydia und Bernd, zwei Residenten, sitzen so, dass sie das lebhafte Treiben auf der karibischen Straße gut beobachten können.

Am Nebentisch sind zwei kleine Jungen aufgetaucht, die als Schuhputzer für ihre Familien ein Zubrot verdienen. Sie sind damit beschäftigt, Kunden zu finden. Bernd betrachtet die beiden munteren braunäugigen Kinder und lässt sich von Lydia das leere Portemonnaie geben, dass sie vorhin am Strand gefunden hatten „Ich möchte mit den beiden ein Spiel spielen, dass ihnen Freude machen wird". Er tut etwas in die Geldbörse, winkt die Beiden heran und zeigt auf seine Sandalen.

Sie haben nun einen Kunden und sind ganz bei der Sache. Als die Schuhe schließlich glänzen wie Lack, legt Bernd das verdiente Geld auf den Tisch und daneben das Portemonnaie.

„So", sagt er, „ihr dürft wählen, Geld oder Portemonnaie:" Ungläubiges Staunen. Dann stecken die Beiden die Köpfe zusammen. Sie beraten. Geld ist wichtiger, aber wäre nicht die Geldbörse mehr wert? Der kleinere greift nach dem Geld, hält aber inne, als der Größere Einspruch erhebt. Schließlich nach langem Hin und Her fällt die Entscheidung: sie nehmen das Portemonnaie.

Aufgeregt öffnen sie es. Ein Jubelschrei: es sind 200 Pesos darin!

Bernd legt noch den Schuhputzlohn dazu und die beiden ziehen ungläubig, dankbar und glücklich ab. Nach Hause. Feierabend für heute.

„Und was hättest Du gemacht, wenn sich die Kinder für das Geld entschieden hätten", fragt Lydia?

„Ich hätte ihnen das Portemonnaie dazu geschenkt", erklärt Bernd lachend. Er ist so gut gelaunt wie selten, denn er hat eben den beiden Jungen eine kleine Freude gemacht und ist plötzlich genauso vergnügt wie seine beiden Schuhputzjungen.

Der Erholungsspaziergang

Spaziergänge sollen gesund und erholsam sein und ich muss nicht einmal alleine gehen, denn meine vier Hunde werden mich begleiten.
Es ist noch früh am Morgen, doch noch ehe ich ganz wach bin, stürzen sich meine Hunde wie wild auf mich und lassen ihrer Ungeduld und Vorfreude freien Lauf. Gute Erziehung? Vergessen. Sie springen an mir hoch, zerkratzen mir die Arme, reißen mich fast um. Torkelnd suche ich irgendwie halt, während sie sich als Reitpferd zwischen meine Beine drängen. Dabei treten sie mir kräftig auf die Füße. Ich rette mich, indem ich noch schnell den Spazierstock hole. Er wird notfalls als Waffe eingesetzt, falls irgendwo im Gelände fremde Hunde auftauchen sollten und Streit beginnen, denn natürlich stehe ich meinen Hunden jederzeit bei.
Doch nun muss ich erstmal aufpassen, dass ich die Treppe überhaupt heil herunter komme, denn mit Nachdruck wird mir in die Hacken getreten und vier nasse Nasen schubsen mich voran: „Los Frauchen, schneller, nun geh' schon!" Ein Knäuel der Freude umzingelt springend und kläffend meine Beine, bis die kleine Bande endlich davon stürmt, Richtung Ausgang.
Endlich kann ich ein kleines Stück problemlos über den teppichweichen Grasboden laufen und im Schatten der Büsche genussvoll tief einatmen. Meine Hunde stehen derweil dicht gedrängt vor dem Törchen und warten, dass ich es öffne. Dann rasen sie los, wie vom Teufel gejagt. Zwar ist noch nicht klar, in welche Richtung es heute gehen wird, aber erstmal nichts wie raus! Mein Signalpfiff ertönt. Wie schön, sie kehren um und sind wieder neben mir. Ich bin noch am Nachdenken: Gehen wir heute linksrum, rechts lang oder gerade aus?

Schließlich entscheide ich mich für den rechten Weg, von dem ich hoffe, dass der heute der günstigste ist. Es gibt nämlich ein paar sehr gefährliche Ecken und Wegabschnitte in unserem Gelände: freilaufende Beißhunde, niedrige Zäune, Pferdeäpfel, auf denen man sich wälzen kann, auch Kuhfladen sind sehr geeignet.
Aber erstmal sind wir jetzt am Haus des Kubaners. Das ist versteckt hinter einer hohen Mauer mit Tor. Darunter aber ist soviel Abstand zum Boden, dass die drohenden braun-rosa Schnauzen von zwei wütigen Pitbulls gut erkennbar sind. Es will nicht gelingen, meine Hundebande daran vorbei zu bringen. Die Wutausbrüche der Hunde sind schrecklich. Weil sich die einen diesseits, die anderen jenseits des Tores befinden, geraten die Tiere in Raserei. Ich erkenne meine Hunde nicht wieder. Es sind kläffende Bestien geworden und die Morgenruhe der Anwohner ist dahin. Mein Spazierstock droht. „Aus, aus!", schreie ich vergebens. Erst nach einer Ewigkeit scheint der Bann gebrochen und wir können endlich weiter.
Aber schon beginnt die nächste Gefahrenzone. Wenn jetzt bei den Holländern die Tür aufgeht, dann, am frühen Morgen, gute Nacht!
Dort wohnen zwei große Dobermänner und der eine davon ist anscheinend ein ganz und gar unleidlicher Geselle. Also muss gerauft werden. Auf ihn!
Ich werde wieder versuchen müssen, mit Stimmgewalt Ordnung zu schaffen. Das hilft manchmal. Aber, o Wunder, heute geht die Tür nicht auf. Glück gehabt, wir können ohne Aufenthalt den Spaziergang fortsetzen.
Jetzt kommt die „Springmauer". Drei meiner Hunde interessieren sich nicht sonderlich für Hochleistungssport, aber Samba, meine kräftige, schwarze Supermischlingsdame, umso mehr. Mit sehr perfektem, gera-

dezu olympiaverdächtigem Satz verschwindet sie im fremden Garten der Kanadier.
Ich beginne Entschuldigungsworte auf Englisch zu suchen. Wie kann ich den Leuten verständlich machen, dass Samba rein Rasse mäßig ein Hund ist, der schwer bzw. gar nicht gehorcht? Sie ist ein liebes Tier, hat noch nie jemanden angegriffen, aber wehe, wenn sie eine Idee hat! Idee und Tat und Konsequenz gehören bei ihr zusammen. Sie weiß eben, was sie will.
Diesmal will sie ja nur der Hauskatze einen freundschaftlichen Besuch abstatten. Aber die ist nirgendwo zu sehen und so kommt Samba schon bald zurück. Zum Glück schlafen noch alle im Haus und ich kann mein Englisch für mich behalten.
Jetzt noch am nächsten Grundstück vorbei kommen. Es führen Treppen hinauf. Einen Zaun gibt es nicht. Samba steigt Treppen. „Du ruf nur, ich steige jetzt Treppen", denkt sie und dann ist sie plötzlich verschwunden. Ich steige ihr nach, um sie zu suchen. Da sehe ich einen kleinen Anbau, der sich eng an die Rückseite der hohen Mauer von Familie Tierfeind schmiegt. Prima! Samba springt auf den Anbau und von dort im hohen Bogen auf die Blumenrabatte des gepflegten Grundstücks. Das wird wieder einen schönen Ärger geben!
Ich weiß nicht, wie es Samba gemacht hat, aber die Familie öffnet extra für Samba das elektrische Tor und mein Hund steht gutgelaunt und Schwanz wedelnd auf der Straße, viel schneller am Ziel als wir anderen. Gewusst, wie! Das ist ja noch mal gut gegangen. Aber noch sind wir nicht zu Hause!
Hunde brauchen ihren Auslauf, müssen sich auch unterwegs erleichtern und an einem großen, freien Platz mit einer kleinen Autostraße ist dazu gute Gelegenheit.
„Doch seit wann fahren Autos und Motorräder schneller

als wir laufen können? Das wollen wir doch mal sehen!", denken meine Hunde und schon beginnt der Wettlauf: Hund gegen Technik. Erst wenn sie völlig eingestaubt sind und als die Klügeren schließlich nachgeben, sind sie wieder an meiner Seite und wir können weiter.
Jetzt folgt für zwei Minuten ein herrlich erholsamer Spazierweg. Ich nehme wahr, was sich die Vögel zu erzählen haben, bewundere blühende Hecken und die neu entstandenen Häuser. Es wird noch immer gebaut und die Bauleute lassen Essensreste liegen. Das wird meine völlige Niederlage. Ich verliere die letzte Autorität! Alle vier Hunde, der englische Schäferhund, die dominikanische Promenadendame, unser kleiner Kläffer und Samba rasen los, stürmen auf das weitläufige Baugelände, um Futter zu organisieren. Ein gefundenes Fressen, das ist das Höchste! Mein Signalpfiff ertönt, doch sie pfeifen drauf. Es dauert und dauert. Dann: „Genug gestöbert, jetzt kommen wir! Freu Dich, Frauchen! Guck mal, wie schön unsere Schwänze wedeln! Du kannst das nicht, ätsch!"
Meinen Hunden geht es prima. Etwas genervt erreiche ich unseren Garten. „Und jetzt dalli, wir haben noch immer Hunger. Gib uns unser Futter!" Auch das schaffe ich noch. Dann ist Ruhe! Vier Hunde und ich legen sich lang: Erholung vom Erholungsspaziergang.
Im Schlaf zucken die Hunde mit den Pfoten und bewegen die Beine. Sicherlich träumen sie schon vom nächsten erholsamen Spaziergang.
Und weil ich ja meine Hunde liebe, können sie auch morgen wieder auf mich zählen.

Die Expertin

Sandra ist meine Freundin und heute merke ich gleich, dass mit ihr etwas nicht stimmt. Sie sieht blass aus und klagt über Kopfschmerzen. Sie hätte schlecht geschlafen und einen komischen Traum gehabt und immerzu müsse sie an diesen Traum denken. Sie sei beunruhigt, denn er scheine etwas Wichtiges zu bedeuten, doch wisse sie nicht was!
„Vielleicht kannst Du mir weiterhelfen", meint sie voller Vertrauen und beginnt mir den Traum zu erzählen:
„Also, ich fliege, leicht wie eine Feder durch einen Blumenwald und da sehe ich plötzlich etwas Dunkles auf mich zukommen. Doch alles ist so bunt, dass ich zuerst nicht erkennen kann, was es ist. Doch dann sehe ich, dass es eine Art Truhe ist, die sehr geheimnisvolle Schriftzeichen trägt. Gerne möchte ich sie entziffern, doch das will mir einfach nicht gelingen, denn immerzu ändern sich Beleuchtung und Flugrichtung. Dabei fühle ich die ganze Zeit deutlich, dass es sich um eine wichtige Botschaft für mich handelt. Seitdem kann ich an nichts anderes mehr denken und grübele ununterbrochen. Ich muss den Sinn herausfinden! Es könnte für mein weiteres Leben entscheidend sein! Ob du mir dabei helfen kannst?"
Aber ich enttäusche Sandra sehr, als ich ihr sage, dass ich von Traumdeuterei nichts halte und sie merkt schnell, dass ich mich darauf nicht einlassen will. Ihrem Gesicht ist anzusehen, dass sie verärgert ist und ich versuche zu erklären, dass ich Träume nur für ein Spiel unserer Fantasie halte.
„Aber", widerspricht sie, „hinter der Fantasie, da steckt doch etwas. Die muss schließlich irgendwoher kommen. Vielleicht gibt es einen Traumgeist, der uns Botschaften

zukommen lassen will? „Aber Sandra", sage ich „Träume sind so natürlich wie wachsende Fingernägel, die ich kürze, ohne ihre Abschnitte argwöhnisch zu beäugen oder etwas in sie hineinzuorakeln. Manchmal zeigen Träume auch eine Verletzung der Seele an, Aber das gilt wohl kaum für Dich"
Doch ihr reicht es mit mir .und meine Worte stoßen auf Ablehnung. „Du bist engstirnig!" bekomme ich zu hören und „Ich werde zu einer Traumdeuterin gehen!" Ärgerlich wirft sie die Tür zu.
Sie ist heute wirklich nicht gut drauf gewesen, denke ich und warte einige Tage, aber sie lässt sich nicht sehen.
Erst eine Wochen später treffen wir uns. Sie erzählt mir, sie sei inzwischen fünfmal bei der Traumdeuterin gewesen und die stünde jetzt ganz kurz vor der Entschlüsselung ihres bedeutungsvollen Traumes. Es sei zwar nicht ganz billig, aber diese Frau wäre wirklich eine Expertin.
„Aber du verstehst ja nichts davon!", sagt sie kurz angebunden und verabschiedet sich schon wieder von mir.
Ich sehe ihr nachdenklich hinterher.
Und plötzlich glaube ich, dass ich doch etwas davon verstehe. Ich lasse mir noch einmal den Traum durch den Kopf gehen.
Diese Truhe muss eine Schatztruhe gewesen sein. Die Schriftzeichen waren nichts anderes als eine Aufforderung, sie gut zu hüten, also eine wichtige Botschaft! Aber Sandra hat sie inzwischen bedenkenlos geöffnet und ihr Konto zugunsten der Traumdeuterin gehörig geplündert. Sandra ist, falls es denn welche gibt, von allen guten Geistern verlassen.
Die Traumdeuterin aber ist wirklich eine Expertin.

Dampf ablassen

Es ist herrlichster Sonnenschein und die Palmenwedel schwingen leicht im Wind. Fröhlich bellen die Hunde. Ein schöner Tag!
Doch was ist nur los mit mir? Ich verstehe es selber nicht: Ich bin heute einfach ganz schrecklich schlecht gelaunt.
Irgendetwas bohrt in mir. Es muss was quer gelaufen sein und ich kann nicht einmal sagen, was. Jedenfalls bin ich sehr schlecht drauf, alles regt mich auf und ich könnte vor Wut platzen.
Doch ich weiß Rat. Die Wut muss raus! Egal, was dabei passiert. Ich muss schnellstens Dampf ablassen.
Also suche ich krampfhaft nach einer passenden Gelegenheit, nach einem geeigneten Partner oder Mitspieler.
Die richtigen Worte habe ich längst parat. und jeder, der wie ich, öfter mit seinem Frust zu kämpfen hat, wird mir dankbar sein, wenn ich ihm bei dieser Gelegenheit mein Erfolgsrezept verrate. Es bedarf wirklich nur ein paar geeigneter und sehr beliebter Standardsätzen. Die garantieren, dass sich alle Ventile öffnen.

Und hier sind diese Sätze
1. Was ist denn nun schon wieder?
2. Ist das vielleicht meine Schuld?
3. Was du immer hast!
4. Muss ich mir das anhören?
5. Du spinnst ja!
6. Woher soll ich denn das wissen?
7. Du nervst!
8. Mach doch, was du willst!
9. Du musst ja immer Recht haben!

Und falls dein Partner immer noch zurückhaltend reagieren sollte, sage ihm einfach
10. Du kannst mich mal! oder nenne ihn „Blödmann".
Ich garantiere, im Nu entsteht ein herrlicher Zank. Da kommt echte Gewitterstimmung auf mit Blitz und Brüll. Ach, tut das gut! Das befreit, das entspannt! Grund genug, um ungehemmt die Wortfetzen fliegen zu lassen.
Und dann, wenn dein Unwetter ausgetobt hat, glaub mir, da kannst du dich plötzlich wieder über die Sonne freuen und gutgelaunt darüber lachen, dass jetzt der andere nicht gut drauf ist und schlechte Laune bekommen hat.
Aber ich habe ja für jedermann mein Rezept aufgeschrieben und du kannst nun auf die gleiche bewährte Art deine schlechte Laune abarbeiten und dich erleichtern, eben „Dampf ablassen".
Denn wozu sonst wurden solche Sätze erdacht?
Ich denke mal, sie sind Teil einer historisch wertvollen Streitkultur.
Und das Kulturerbe soll man doch nutzen, oder siehst Du das anders?

Ich kann nicht tanzen!

Wir beide sind unterwegs, denn es ist heute in einem der hiesigen Restaurants Tanz angesagt: Oldie-Night! Schon von weitem hören wir die tolle Musik. Da vorn drängen sich viele Menschen. Die sind alle stehen geblieben, nur um zuzuhören. Wir aber gehen hinein.
Es ist ziemlich voll, doch zu unserer Überraschung nicht auf der Tanzfläche.
Es sind viele festlich gekleidete Leute gekommen, elegante Frauen und gepflegte Männer, im besten Alter, doch die sitzen alle, auch noch beim fünften Musikstück, wie angeklebt auf ihren Stühlen.
Ich bin neugierig, muss mich nach dem Grund dafür erkundigen und was glaubt ihr welche Antwort ich, besonders von den Herren, bekomme??
„Ich kann nicht tanzen."
Etwas mitleidig, etwas ungläubig sehe ich ernste Frauengesichter und Männer, die sich an ihr Bierglas klammern und ich kann es nicht fassen.
„Himmel," sprudele ich los –„in welcher Zeit leben wir denn? In der Zeit der konventionellen Tanzschulen, die man zu besuchen hatte, wie eine Art Religionsunterricht? Wo man, noch ein halbes Kind, ständig mit rotem Kopf auf fremden Füßen herumtrat oder über fremde und eigene stolperte?
Gut, manch einer hat mit Talent einige Gesellschaftstänze gelernt und ist noch heute jemand, den man auf dem Parkett bewundert und dem man gerne zuschaut. Das ist schönste Traditionspflege, ebenso wie das Spielen alter Musikstücke, Aufführungen mittelalterlicher Tänze, Besichtigungen von Burgen oder Klosterkellern. Ich liebe Traditionen!

Aber gleichzeitig bin ich doch auch ein moderner Mensch. Und das heißt für mich: ich hasse Zwänge und ich stehe zu meiner Individualität.
Gerade hier, in diesem Lande, ist das doch nicht schwer. Seht euch doch um! Wo gibt es denn sonst soviel Spontaneität, soviel Freiheit, soviel buntes internationales Leben?
Da lässt man sich doch nicht einreden, dass Tanzen gelernt sein muss und nur so und nicht anders auszusehen habe!"
Ich sagte schon, ich hasse Zwänge! Ich anerkenne nur den mitreißenden Rhythmus und die emotionale Kraft der Melodie. Mein Körper ist wie ein Instrument, das mitspielt, ohne Noten, Improvisation, Jazz, Bewegung als Ausdruck von Musikliebe.
Auch sehe ich weit und breit keinen Menschen, der sich von uns abwendet, weil wir nicht tanzen wie Fred Astaire, wie die Baker oder Malakhov. Und ich entdecke auch niemanden, der uns vorwirft, dass wir dabei nicht aussehen wie Marilyn Monroe oder Heesters! Also was soll das?
Fühlt euch doch einfach frei und tanzt euch gesund! Und sagt nie wieder, so lange ihr euch noch bewegen könnt-
„Ich kann nicht tanzen".

Gewusst, wie...

So mancher hat in der Dominikanischen Republik Geldsorgen, Ingolf zum Beispiel. Er grübelte ständig, wie er denn Geld einsparen könnte. Natürlich hatte er noch genug auf der Bank, weil er in Deutschland sein Haus verkauften konnte, aber dieses Kapital sollte doch Zinsen bringen und nicht ausgegeben werden! Die Ausgaben aber stiegen unaufhörlich. Besonders die ständigen Reparaturen an dem alten, gebraucht gekauften Auto gingen enorm ins Geld. Zwar brachte es ein tüchtiger Mechaniker immer wieder zum Laufen, aber lange würde es der Motor nicht mehr machen. Ein neuer war nötig, doch der war teuer, teuer wie guter Rat...
Den aber wusste eine Freundin.
"Warum nur willst Du selber einen neuen Motor kaufen? Suche Dir doch jemanden, der für Dich das Auto fährt. Schicke ihn mit einem Auftrag über eine große Distanz und wenn dann der Motor streikt, sagst Du ihm, dass er das Auto kaputt gefahren hat und nun die Reparatur zu bezahlen habe. Soll er doch blechen!"
Eine tolle Idee und DIE Lösung!.
Ein gutmütiger Mensch wurde gesucht und gefunden und da diese Sorte Mensch ja bekanntlich dumm ist, wurde seine Dummheit eben bestraft.
Und so geschah es. Ingolf war glücklich. Er hatte einen Dummen gefunden und viel Geld gespart.
Im Leben kam es doch immer auf das „Gewusst-wie" an und die richtigen und cleveren Ratgeber!

Du bist eine Kuh
(frei nach einem Bericht einer Freundin)

Katrin und Berni, die beiden Kleinen von Ursel, gingen nun endlich in den Kindergarten und Ursel gewöhnte sich gerade daran, wieder im Berufsleben ihren Mann zu stehen. Eigentlich war das ganz schön, aber andererseits fehlten ihr die kleinen Rangen. Wenn sie ihre zwei „Flöhe", so nannte sie die beiden gern, am Nachmittag abholte, waren die oft außer Rand und Band. Die Gesellschaft mit anderen Kindern hatte sie geradezu übermütig gemacht und alle neuen Worte wurden sofort ausprobiert.
Das klang dann so: „Mutti, weißt Du was Du bist? Eine alte Kuh!" Die beiden wollten sich ausschütten vor Lachen und schielten gleichzeitig auf ihre Mutti, welchen Eindruck ihre Worte wohl auf sie machten.
Ursel beherrschte sich. Sicher wussten die Kinder nicht, was sie da eben gesagt hatten. Man musste es ihnen mit Geduld und Liebe erklären.
„Wisst ihr, so was sagt man nicht zu einem Menschen".
„Wieso? Bei uns sagen das alle." Wieder Gekicher. „Ich finde es aber nicht schön." Antwort: „Wir aber ja, nicht Berni?" Ursel gab vorerst auf und versuchte mit einem Eis abzulenken. Das hatte auch Erfolg, doch nur für kurze Zeit. Zu Hause und auch am nächsten Tag ging es weiter: „Mutti, Du bist doch eine Kuh!"
Irgendwie mussten die Kinder an diesem Spiel Freude gefunden haben. Sie merkten, dass Ihre Worte auf die Mutter nicht ohne Eindruck blieben und das schien ihnen Spaß zu machen. Ursel versuchte immer erneut die Kinder davon abzubringen. Aber die Kinder reagierten uneinsichtig und wieder und wieder musste sie hören:" Mutti, Du bist eine Kuh!" Vielleicht, dachte Ursel,

bin ich in Fragen der Erziehung nicht geschickt genug oder es fehlt mir an Strenge. Aber das kann doch nicht einfach so weiter gehen?
Da kam ihr die rettende Idee. Abends, wenn die Kinder mit Ursel gemeinsam am Abendbrottisch saßen, gab sich Ursel immer viel Mühe, ein gutes Essen zuzubereiten und eine schöne Atmosphäre zu schaffen. Schließlich mussten sie ja tagsüber die Mutti entbehren. Das gelang aber neuerdings nicht mehr so gut, denn, ob sie wollte oder nicht, sie ärgerte sich über die Flapsigkeit der Kinder.
Bis sie am nächsten Abend ihre „gute Idee" umsetzte. Hungrig und begierig auf die Lieblingsspeisen, die Mutti zubereitet haben würde, hatten sie brav die Hände gewaschen, das Haar ordentlich gekämmt. und saßen erwartungsvoll am Tisch. Ursel kam aus der Küche. Drei große Teller trug sie herein und stellte jedem einen auf den Platz. Doch was sahen die Kinder da voller Schreck? Jeder der Teller war randvoll gefüllt mit sauber gewaschenem Gras. Mit einem freundlichen „guten Appetit" und dem harmlosesten Gesicht der Welt setzte sich die Mutter zu Katrin und Berni. Die Augen der Kinder wurden groß und größer. Ungewöhnliche Stille herrschte, bis Berni entsetzt ausrief „Aber Mutti, das ist ja Gras!!" „Richtig", lobte Ursel. „Ich bin eine Kuh, wie ihr immer sagt, und Kühe fressen nun mal Gras. Und das gilt auch für Kälber, denn sie sind ja die Kinder der Kuh."
Da half kein Weinen, kein Betteln. Ursel blieb hart und die Kinder glaubten, ohne Abendbrot ins Bett geschickt zu werden. Aber etwas später wurde dann, wie zur Versöhnung, doch noch gemeinsam eine gute Suppe gegessen und das Ganze wurde ein großer Erfolg: Nie wieder musste sie den Satz hören: „Mutti, Du bist eine Kuh."

Seh-Probleme

Kurzsichtigkeit, das ist heutzutage längst kein Problem mehr: Brille, Kontaktlinsen, Laser erledigt.
Aber es gibt leider weit schlimmere Sehfehler. Ich denke da an die Fehlsichtigkeit durch Fehlsteuerung der Wahrnehmung.
Dabei findet sich die Ursache nicht am Auge, sondern im Kopf, diesem Behälter für Denken und Fühlen, Wissen und Können, Steuerung und Antrieb, ein toller Teil unseres Selbst.
Und manchmal merken wir vor lauter Begeisterung gar nicht, dass es Zeit wird für eine Durchsicht und Reparatur unseres Denkapparates, weil sich Fehler eingeschlichen haben, die Fehlsichtigkeit und Vorurteile zur Folge haben.
Plötzlich macht sich unser Kopf von einer Sache ein Bild, fast ohne hinzugucken. Er denkt sich was und das hat oft mit der Wirklichkeit überhaupt nichts mehr zu tun. Manchmal kupfert er sogar andere Bilder ab und drückt sie dem Gegenstand des Vorurteils einfach als Stempel auf, was den Gegenstand bis zur Unkenntlichkeit entstellt.
Schlimme Fehleinschätzungen sind die Folge: Den Nachbarn hält man für den bösen Mann. Den freundlichen Trickbetrüger für einen guten Freund. Die Katze von nebenan ist Schuld an einer Reifenpanne und Opas Schwerhörigkeit kommt vom Biertrinken....
Deshalb sollte man vorsichtshalber seinem Kopf hin und wieder eine Durchsicht gönnen und notfalls eine Reparatur in Erwägung ziehen.
Für so etwas gibt es keine Werkstätten?

Oh doch. Hier einige Adressen:
1. NATUR - Spezialität: Durchlüftung und Mobilität
2. HUMOR - das Reinigungsbad für verklebte Synapsen
3. KULTUR - schonende Beseitigung von Kalk- und Staubablagerungen
4. GESPRÄCHE - Aktivierung funktionstüchtiger Kontakte

Ich könnte die Liste fortsetzen. Doch für den Anfang soll es genügen.

Also nicht länger warten! Schnell aus dem Haus und die richtige Adresse angesteuert! Der Aufwand lohnt sich: Einen klaren Kopf haben und frei zu sein von Fehlansicht, Kurzsichtigkeit und Selbsttäuschung garantiert ein angenehmeres und problemfreieres Leben.

Ich bin ja so enttäuscht worden...

Enttäuscht wurden wir alle schon manchmal. Das Leben ist nun mal kein Kinderbilderbuch, wo gut und böse, richtig und falsch fein säuberlich voneinander getrennt sind.
Ich kenne da zum Beispiel den Herrn K., der von seiner riesengroßen Enttäuschung überall oft und gerne erzählt. „Ich habe die Nase voll von Gruppenwirtschaft, Teams, Vereinen oder Clubs! Ich engagiere mich für nichts mehr! Es wird einem ja doch nichts gedankt. Jetzt kümmere ich mich nur noch um mich selber!"
Neugierig, ehrfurchtsvoll oder schadenfroh hört man dem, der da so laut tönt, zu. Und er fährt fort: „Mich interessieren andere überhaupt nicht mehr!" „Gut", sagt da eine zaghafte Stimme, „aber was ist, wenn du doch mal einen Menschen brauchst?"
„Dann bezahle ich jemanden. Schließlich habe ich ja Geld und das ist die einzig stabile Beziehung, die für mich zählt." Nachdenkliches Schweigen. Hat der Mann Recht? Also ich weiß nicht so genau, aber ich halte mehr von Freundschaft, Sympathie und Hilfsbereitschaft. Die kann ich mir zwar nicht kaufen, aber die finde ich in meinem Freundeskreis. Vielleicht bin ich ja ein bisschen altmodisch? Und ich frage mich ernsthaft, kann man denn durch Enttäuschungen so werden wie K.?
Mich hat da neulich eine Wespe gestochen. Aber gehe ich deshalb nie wieder in den Garten? Und sehr häufig stolpere ich auf den gewöhnungsbedürftigen Wegen des Landes. Gebe ich deshalb das Laufen auf und setze mich von nun an in einen Rollstuhl?
Also mal ehrlich, ich finde das ganze Gerede übers Enttäuschtsein wenig überzeugend. Aber sicher liegt das an mir.

Im Spuk- und Märchenland
oder
Wenn sich der Kreis schließt

Oft habe ich davon gehört, dass Leute, wenn sie sich verlaufen haben, im Kreis gehen, obwohl sie glauben, geradeaus zu laufen. So erging es auch mir.
Als ich mich im zarten Kindesalter auf meinen Weg ins Leben machte, umgab mich eine bunte Spuk- und Märchenwelt. Es gab Gespenster, Geister, böse Schatten, Fratzen auf hölzernen Schranktüren und nächtliche Geräusche, die Angst machten. Und dann war da die Großmutter, die mich mit der Behauptung beeindruckte, sie habe das zweite Gesicht. Sie konnte nämlich den Leuten Karten legen.
In meinen Kindertagen lebten Hexen, Feen, Weihnachtsmänner, Zwerge und Osterhasen. Auch der liebe Gott mit seinen Engeln und Teufeln hatte seinen festen Platz und das eigene Schicksal konnte man lenken. Man musste nur über sieben Steine balancieren, fehlerfrei, und schon würde eine kleine Schandtat unentdeckt bleiben oder das Diktat eine gute Note bekommen.
Doch mit dem Älterwerden, nach der Schul- und Lehrzeit, hatten sich kindliches Gemüt und Märchenwelt verflüchtigt. Die Realität wurde Prüfstein für Erfolg und Tüchtigkeit. Man war modern, aufgeklärt und fortschrittlich, eben erwachsen.
Irgendwann aber mündete der Lebensweg in die Warteschleife des Rentenalters.
Ich verlegte meinen Wohnsitz in die Dominikanische Republik und die neue Umgebung und neue Menschen sorgten für belebende Eindrücke.

Aber wie erstaunt war ich, als meine hier lebenden Landsleute mich in das längst vergessene Märchenland meiner Kindertage zurück versetzten!

Einige lebten hier nämlich ganz mit ihrem Gott. Das fand ich schon in Ordnung, aber es wunderte mich, dass jeder einen anderen Gott hatte, mit unterschiedlichsten Verheißungen. Und natürlich hatte jeder den einzig Richtigen! Mal gab es eine Seele, mal keine, mal gab es eine Wiedergeburt, mal ein jüngstes Gericht. Ja, ich lernte sogar Zeitgenossen kennen, die im direkten Kontakt mit Geistern standen und wussten, dass ein Schnitt in den Finger ein himmlischer Fingerzeig war und ein Stolpern eine ernste Warnung, die zu Umkehr veranlassen sollte. Auch Träume waren Wegweiser und Sterne enthüllten Schicksale. Handlinien oder Karten gaben bereitwillig Auskünfte zur Lösung eines jeden Problems. Wundertäter, Voodoo-Hexer, Geistheiler oder Spukgeister gehörten hier, wie selbstverständlich zum „geistigen" Leben.

Doch ich, am Ende meiner Tage, sitze nun ratlos da und frage mich, wofür ich ein Leben lang gelernt habe? Denn scheinbar bin ich ja die ganze Zeit nur im Kreis gelaufen und genau da wieder angekommen, wo mein Weg begonnen hatte, nämlich mitten im Spuk- und Märchenland meiner Kindertage.

Nur ein Spiel

Dein Lebenszenit ist längst überschritten. Aber so ganz dem Alter ausliefern willst du dich noch nicht. Da gibt es immer wieder Tage, an denen du dich vital fühlst und allen, die dich kennen, heile Welt vorspielst. Das Schöne dabei ist, dass Du am Ende selber ein wenig vergisst, dass Du inzwischen alt und meist sehr allein bist. Irgendwann hast Du Dir, vielleicht um Dir selber etwas zu beweisen, die moderne Technik in Dein Leben geholt, Dir also einen Computer gekauft und entdeckt, mit ihm kann man, so oft man will, Unterhaltung haben. Es ist bequem und man langweilt sich nicht mehr. Du sitzt faul auf weichem Stuhl, neben Dir ein Glas mit Deinem Lieblingsgetränk und beginnst ein Spiel besonderer Art.

Es dauert nicht lange und Du findest bei den vielen Kontaktforen einen geeigneten Mailpartner. Der wird Dein Spielobjekt werden .Da er Dich nicht sieht, kannst Du ihm viel erzählen, bzw. mailen und von Dir ein Mannsbild malen, wie Du es gerne wärst.
„Ich bin ein gut aussehender, reifer Mann, finanziell gut gestellt, vital und ich suche eine Frau. Ich glaube, in Dir habe ich die Richtige gefunden. Sicher haben wir die gleiche Wellenlänge" Das schreibst Du gleich mehreren und bald bekommst Du Post von einsamen Frauen, die sich nach einem Partner sehnen. Du schickst ein verschwommenes Foto von Dir, nährst weiter ihre Hoffnungen und lässt sie zappeln. Daran hast Du viel Spaß, denn in Wahrheit willst Du gar keine Frau kennen lernen. Es ist doch nur ein Spiel, ein schöner Zeitvertreib. Aber es macht Dich schon stolz, dass so viele angebissen haben! Das schmeichelt ungemein. Alle wollen Dich. Du aber willst keine! „Ich könnte... wenn ich wollte..." Bist Du früher manchmal abgeblitzt, jetzt

wirst Du abblitzen lassen! Jetzt hast Du Deine Chance! Vorerst noch schreibst Du Deinen Opfern, wie sehr Du Dich nach ihnen sehnst, malst Zukunftsbilder, schwärmst von gemeinsamen Reisen und dass Du allein mit Deinem Geld nichts anzufangen weißt und stellst ein baldiges Kennen lernen in Aussicht Du möchtest den Rest des Lebens mit der Dame gemeinsam verleben!
„Ach, ich bin ja soo einsam!" klagst Du
Dabei bist Du in Wahrheit viel zu bequem und zu feige, um je einen solchen Schritt zu wagen. Die Fantasie, die Vorstellung einer Möglichkeit, genügen Dir doch längst. Erst wenn Dir die Situation zu heikel wird, Handlungen erwartet werden, wenn es also real werden soll, verschwindest Du, verschwindest im Land des Schweigens. Die moderne Kommunikation macht's möglich. Deine Adresse wird gelöscht. Du hast längst eine neue und Gewissensbisse kennst Du nicht. Es war doch nur ein Spiel!

Scherenspuk

Scheren scheinen sich esoterisch aufladen zu können. Es müssen ihnen magische Kräfte innewohnen. Ich weiß jedenfalls keine andere Erklärung für ihr periodisches Verschwinden. Doch urteilen Sie selbst:
Ich besitze viele Scheren und suchte neulich eine ganz bestimmte: die kleine spitze, denn mir war ein Fingernagel eingerissen. Die große Papierschere lag breitbeinig und protzig auf dem Tisch, aber wo waren die anderen?? Es musste doch eine von den Kleinen sein, die, je nach Verwendungszweck, ihren festen Platz bei mir haben, denn ich halte gerne Ordnung. Also suchte ich nach ihr. Ich zog vom Wohnzimmerschrank die erste Schublade auf: Was für ein buntes Bild! Unterschiedliche farbige Dosen, vier Pinsel, Bindegarn, etliche Schreibstifte, Notizblöcke, Sicherheitsnadeln, aber keine Spur von einer Schere. Ebenso vergeblich suchte ich in den anderen drei Schubladen. Was mir da alles in die Hände fiel! Ich entdeckte meine lang vermisste Armbanduhr, die sich neben der Münzsammlung einquartiert hatte, Korkenzieher, Stricknadeln, Wäscheklammern und die Gebrauchsanweisung für meinen Fotoapparat und noch vieles mehr, nur meine Schere war da nicht.
Vielleicht sollte ich im Nähkästchen nachsehen?? Das hatte ich doch vor zwei Tagen aufgeräumt. Da müsste doch... Ich kramte das oberste nach unten, warf dabei viel durcheinander, aber nirgends war die Gesuchte. Also durchforstete ich die Kommodenschubladen: Staubtücher, Möbelpolitur, Gardinenhaken, Bürsten, Fotoalben - keine Schere! Verzweifelt suchte im Bad weiter, öffne Fächer, wühlte in Schachteln. Da müsste doch wenigstens eine meiner vielen Scheren zu finden sein! Aber auch hier NICHTS!

Waren sie etwa unbemerkt auf dem Schreibtisch liegen geblieben? Fehlanzeige. Oder sollten sie auf unerklärliche Weise in der Küche gelandet sein? Eigentlich unmöglich, denn was sollten die da? Aber man konnte ja nie wissen. Also stöberte ich in der Küche weiter. Aus dem Besteckkasten glänzten mir metallisch Gabeln, Löffel und scharfe Messer entgegen, aber auch hier verbarg sich keine Schere. Wo sollte ich nur noch suchen? Halt, auf dem Flur war auch noch eine Schublade! Dort bewahre ich zwar nur meine Schlüssel auf. Aber gut, ich konnte ja auch da mal nachsehen.
Und dort, zu meiner grenzenlosen Überraschung, fand sich endlich meine vermisste Schere. Aber nicht nur sie. zwischen Zeitungsausschnitten fand ich auch meine restlichen sechs Scheren!!
Da stimmte doch etwas nicht! Das ging nicht mit rechten Dingen zu, denn das wusste ich ganz genau, ich hatte sie nicht dort hingetragen!! Da war ich mir ganz sicher. Und weil ich alleine wohne, kann es auch sonst niemand gewesen sein. Wie kamen die also dorthin? Und was machten die da?
Inzwischen aber wundere ich mich schon lange nicht mehr. Zu oft wechselten in letzter Zeit Dinge ihren Platz und tauchten, unvermutet und oft in Rudeln, woanders wieder auf. Es kann sich meiner Meinung nach nur um geheime Versammlungen handeln und den Zweck solchen Tuns werde ich auch noch herausfinden. Jedenfalls ist mir jetzt klar geworden, dass es Spuk sein muss, unbestreitbar, wahrer, echter Spuk! Gerade eben war ich ja Zeuge einer solchen magischen, heimlichen Scherenversammlung geworden. War das nicht Beweis genug?
Oder wüsste jemand eine andere Erklärung für dieses Phänomen?

Gäste

Herr Freundlich erwartet heute Gäste. Er kocht gern und gut und freut sich darauf, die neuen Bekannten mit seiner Kochkunst zu überraschen.
Als sie schließlich gemeinsam am hübsch gedeckten Tisch sitzen und die Vorsuppe auf den Tellern duftet, sieht Herr Freundlich gespannt in die Gesichter seiner Gäste. Sicher wird es ihnen schmecken, denn bisher fand seine Championsuppe stets großen Beifall. Doch die Gesichter bleiben verschlossen.
„Schmeckt es Euch?" fragt er sie schließlich ermunternd. Herr Deutschmann verzieht das Gesicht. „Also bei uns zu Hause macht man so was anders. Bei uns ist sie aromatischer. Wir verwenden nur Butter, keine Sahne".
„Sicher, es gibt auch andere gute Rezepte", antwortet Herr Freundlich. Aber Herr Besser unterstreicht Herrn Deutschmanns Urteil." Mag sein, aber wir haben zu Hause die beste Küche der Welt." Herr Freundlich ist enttäuscht, auch weil er seine Gäste als etwas unhöflich empfindet. „Aber das Hauptgericht, das wird ihnen sicher schmecken", denkt er, denn es gibt heute Rindsrouladen mit Rotkohl und Salzkartoffeln.
Diesmal muss Herr Freundlich auf keinen Kommentar warten. „Wir", beginnt Herr Deutschmann, „würden nie Kartoffeln auf den Tisch bringen. Bei uns zu Hause bevorzugt man Klöße." Und Herr Besser ergänzt, „Man sollte immer von den Besseren lernen und nicht nur auf den eigenen Tellerrand sehen!"
So und ähnlich verliefen auch die weiteren Tischgespräche. Die Rouladen waren zu scharf, der Rotkohl zu süß und die Soße zu dunkel.

Ständig stellten die Gäste heraus, wie viel besser alles bei ihnen zu Hause sei: moderner die Kochgeräte, schmackhafter die Zutaten, einzigartiger die Rezepte.
Ich muss nicht sagen, dass es Herrn Freundlich irgendwann so reichte, dass er diese Gäste nie wieder sehen wollte. Entsprechend frostig forderte er seine undankbaren Gäste auf, endlich zu gehen.
So was ist nicht real? Das kann man sich einfach nicht vorstellen? Das gibt es nicht?
Nun dann ersetze man „Essen" durch „Lebensweise der Dominikaner" und höre zu, was die Touristen Deutschmann und Besser reden und man wird erkennen, dass es so was leider viel zu oft gibt. Das ist schade, denn Freunde gewinnt man damit gewiss nicht.

Vorsicht! Tropenkrankheit!

Manchmal denke ich, mit meinen Ohren muss etwas nicht. recht stimmen.
Sosua, der kleine Ort an der Nordküste der Dominikanischen Republik, ist zwar fast ein Dorf, aber ich komme auch sonst ziemlich viel herum. Doch wo ich auch auftauche, nach kurzer Zeit höre ich überall die gleichen Sätze:
„Wenn die dort sind, dann gehe ich da nicht hin."
„Mit denen setze ich mich doch nicht an einen Tisch!"
„Diesen Leuten will ich nicht begegnen."
Ja gibt es denn überhaupt noch jemanden, der mit jemandem kann? Was ist bloß los in diesem Land?
Ob es an der Sonne liegt?
Bei viel Sonne schält sich ja bekanntlich die Haut. Und vielleicht hat sich bei manchen Leuten die Haut zu oft geschält, so dass sich nun ein ernsthaftes Krankheitsbild entwickelt hat?
Die Dermatosis tropica, zu deutsch: tropische Dünnhäutigkeit.
Was lässt sich dagegen tun?
Nun, der Besitz einer Elefantenhaut ist bei der Hitze sicherlich nicht anzuraten, aber es gibt gute Medikamente! Ich denke da an das Harmoniehormon, die Toleranztropfen oder das Schwammdrüber- Pflaster.
Wo es denn so was gibt? Fragen sie Ihren Arzt oder Apotheker!
Doch das beste Mittel, so scheint es mir, ist noch immer, sich unter Menschen mit Humor zu mischen. Dann nämlich bekommt man garantiert ganz schnell eine wunderschöne Heilhaut.

Verona und die Partnerbörse

Wer ist schon gern auf Dauer allein? Und die moderne Zeit macht es möglich. So wie man Waren online bestellen kann, sind auch Partner im Angebot und man kann sie per Partnerbörse ordern. Das eröffnet ungeahnte Möglichkeiten, denn dort sind anscheinend unsere Traumpartner leichter zu finden als in unserem Alltagsumfeld. Vergessen wird dabei, dass inzwischen Partnerbörsen so etwas wie Abenteuerspielplätze für Erwachsene geworden sind.
Verona aber wollte hier ihr Glück finden.
Sie war eine Frau um die 50, lebte schon lange allein, die häufigen, Affären nicht gezählt. Nie reichte es zu einer längeren Beziehung und sie war noch immer unverheiratet.
Das sollte sich nun endlich ändern. Sie wollte geheiratet werden und ihre Lebenssituation sollte sich finanziell entscheidend verbessern. Leider kannte sie keine reichen Männer, aber dank Internet musste es möglich sein, einen wohlhabenden Mann zu finden.
Man musste sich nur selber ins rechte Licht zu setzen wissen. Ein geeignetes schmeichelhaftes Foto war gefunden und dann hatte sie ja auch noch einen besonders verlockenden Köder, nämlich die kleine Urlaubskate in der Karibik!
Ihr Zukünftiger sollte ein Deutscher sein, sehr gut aussehen, gesund sein und vor allem viel, viel Geld mitbringen.
Sie drehte sich vor dem Spiegel, zog den dicklichen Bauch ein wenig ein und versuchte, ihrem Gesicht einen reizvollen Ausdruck zu geben. Hatte sie nicht Temperament und reichlich Sex-Erfahrung mit Männern? Da konnte doch eigentlich nichts schief gehen!

Bald erschien ihr Profil mit Foto in allen kostenfreien Partnerbörsen des Internets. Das hübsche Foto würde sicher viele Herren anlocken und dann konnte sie auswählen. Mit viel Elan und hohen Ansprüchen begann das Warten.
Die ersten hoffnungsvollen Briefe kamen, aber so richtig anbeißen wollte noch niemand. Sicher war sie zu zaghaft gewesen? Da musste man etwas dicker auftragen und gute Eigenschaften ins Spiel bringen: Aufrichtigkeit, Häuslichkeit, Warmherzigkeit und anderes Das klang doch gut? Tatsächlich hatte sie damit mehr Erfolg. Ein passender Fisch ging ihr ins Netz und der hieß Erwin Hering.
Erwin hatte in Deutschland Eigentum, machte oft Reisen, musste also viel Geld haben. Der sollte jetzt mal schnell eine Reise zu ihr machen, sie in der Karibik besuchen. War er erstmal hier, würde sie ihn schon zu gewinnen wissen.
Der Tag kam und sie stand erwartungsvoll auf dem Flughafen, ein Foto von ihm in der Hand. Und da kam er! Groß, Stoppelfrisur, gute Körperhaltung.
„Sah ja ganz gut aus, der Junge!" Sie lächelte viel versprechend und ging strahlend auf ihn zu. Dann fuhren sie zu ihrem Häuschen. Nachdem sie ihm einiges gezeigt hatte, wurde gegessen, ein wenig Konservation gemacht und schon war es Abend. „Cuba libre" mit viel Rum sorgte für lockere Stimmung und schließlich kam der Augenblick der ersten Annäherung.
„Aber was war das?" Sie prallte zurück. „Den kann ich nicht küssen", erschrak sie, auch wenn er noch so reich ist. Der riecht ja aus dem Mund wie ein Teufelsdrachen!" Dann aber dachte sie: „Geld stinkt nicht", und machte sich Mut. Mit zuckersüßer Stimme bat sie ihn, sich doch erstmal die Zähne putzen.

Das tat er dann auch. Doch auch beim nächsten Versuch konnte das Pfefferminzaroma den abstoßenden Geruch nicht überdecken.

So wurde es eine kühle Nacht und am anderen Tag musste sich der Mann nach einer anderen Unterkunft umsehen.

Verona war frustriert. Sie hatte doch vorher alle Möglichkeiten gedanklich durchgespielt, aber so was hatte sie nicht für möglich gehalten. Was für eine Enttäuschung!

Doch bald schon wurde ein neuer Hoffnungsträger gefunden.

Wieder stand sie herausgeputzt am Flughafen, um Kurt Schleim abzuholen. Sie würde ihn an seiner Glatze erkennen.

Der besaß ein großes Haus in Deutschland. Er hatte ihr Fotos geschickt. Dagegen war ihr Häuschen zwar eine Hütte, aber wenn er seins verkaufen würde, hätte man sicher genug Geld für eine Investition in die gemeinsame Zukunft.

Zuhause betrachtete sie das Kurtchen genauer. Er war aufgekratzt, erzählte von Deutschland, von seinem Flug. Aber immer wenn er sprach, bildeten sich in seinen Mundwinkeln weiß-schaumige Speichelansammlungen und als er lachte, sah sie, wie sich zwischen seinen Zähnen lange Schleimfäden zogen. Sie war von Ekel gepackt und riet ihm, nach der langen Reise jetzt doch lieber schlafen zu gehen. Sie hätte noch etwas zu tun. In Wirklichkeit grübelte sie, wie sie es anstellen sollte, ihn am nächsten Tag schnell wieder loszuwerden.

Zweimal Pech gehabt: jedes mal Ekel statt Kuss und ohne Kuss keine Zukunft. Aber beim dritten Mal müsste es doch endlich klappen!?

Wieder fand sie einen Reisewilligen.

Georg Schorf war um etliches jünger als sie und gewiss auch durch ihren schönen Wohnort angelockt worden. Er verdiente als selbständiger Handwerker gutes Geld, wie er schrieb und gern würde er in der Karibik leben wollen mit einer Traumfrau wie Verona.
Er hatte schönes volles Haar und Verona war diesmal sehr aufgeregt, denn dieser Mann gefiel ihr auf Anhieb. Sie wollte deshalb besonders geschickt vorgehen und ihn ein wenig hinhalten. Er sollte erstmal etwas vom Land sehen und es musste ein romantischer Augenblick abgewartet werden. Dann würde sie alle Künste aufbieten, um diesen Mann an sich zu binden.
Dieser Augenblick kam. Es fanden sich die Münder und es wurden heiße Küsse getauscht. Seine starken Hände tasteten nach ihren Brüsten und sie umschlang ihn leidenschaftlich. Sie begannen sich von den Kleidungsstücken zu befreien und sie streichelte mit zarten Händen über seinen breiten Rücken. Da kam der Schock. Ihre Finger ertasteten einen Rücken voller Beulen, blieben an Schorf und Pickeln hängen, eine Kraterlandschaft zum Fürchten.
„Was hast Du da?" fragte sie und löste sich abrupt aus der Umarmung. „Nichts schlimmes, das habe ich oft. Es kommt und geht."
„Dann ist es besser, dass auch Du gehst", antwortete sie. „So etwas ertrage ich nicht!"
So trennte sie sich auch von diesem, anfangs so viel versprechenden Anwärter und ihr blieb nichts weiter übrig, als weiter zu suchen.
Bald gab es eine neuen Anwärter.. Im Vorfeld hatte sie den wohlhabenden Herrn Glatt nach allen möglichen Krankheiten und Defekten befragt. Diesmal schien alles in Ordnung zu sein. Am Flughafen konnte sie ihr Glück

kaum fassen. Das war mit Abstand der am besten aussehende Mann, der je bei ihr angekommen war.
Der ist es! jubelte sie innerlich.
Während der Fahrt vom Flughafen schien er ihr noch etwas in sich gekehrt zu sein. Aber Verona glaubte nicht, dass das an ihrem Erscheinungsbild liegen könne. Sie hatte ihr Haar doch frisch blondieren lassen, trug ein besonders freizügiges Kleid und hatte viel Make-up aufgelegt.
Als sie das Häuschen betraten, fiel ihr auf, dass er sich sehr erstaunt umsah.
Dann seine Frage: „wo soll ich denn hier schlafen?" Sie zeigte ihm das Kämmerchen. Dabei mussten sie durch den kleinen Flur, der mit allerlei Gerümpel voll gestopft war. Sogar ein Karton war zu übersteigen. Es roch überall dumpfig und nach Schimmel. Kopfschüttelnd stand der Gast schließlich vor einer primitiven Schlafstelle mit unordentlich geflicktem Bettzeug. „Wo gibt es hier das nächste Hotel?" fragte er noch, dann nahm er seinen Koffer, ging an Verona wortlos vorbei und nie sah sie ihn wieder.
„So ein anspruchsvoller Schnösel", dachte Verona. Sie war nie eine sehr ordentliche Hausfrau gewesen, aber bis jetzt hatte das doch niemanden gestört?
„Ich gebe jedenfalls nicht auf. Ich werde weiter suchen", schwor sie sich. Damit setzte sie sich erneut an ihren Computer und sichtete die Posteingänge.
Halt, da war doch jemand geeignetes: 60 Jahre alt, vital, unternehmungslustig, gut situiert. Ohne langes Zögern lud sie ihn zu einem baldigen Besuch ein und Herr Hink kam. Doch als sie ihn abholte, stellte sie entsetzt fest, dass er mächtig hinkte. „Das hätte er doch schreiben müssen! Vielleicht ein plötzlicher Unfall und er wollte die Reise trotzdem antreten?"

Ach, arme Verona, Du wurdest wieder enttäuscht! Der Kandidat hatte eine Beinprothese und schnallte, bei ihr zu Hause angekommen, sein Ersatzbein ab, machte es sich auf ihrem Sofa bequem und bat sie, ihm dies und jenes zu reichen. Seine Behinderung sei ja gewiss kein Problem. Sie hätte ja ein eigenes Auto und so wäre man doch zu zweit mobil. Aber um bei der Wärme eine Entzündung zu vermeiden, würde er das Ersatzbein oft ablegen müssen und dann würde sie ihm doch gerne zur Hand gehen wollen.

Verona hielt mühsam Tränen der Wut zurück und die Worte, die sie ihm an den Kopf warf, möchte ich hier lieber nicht wiederholen.

Das war nun ihr fünfter Versuch gewesen!

Gab es denn nur Behinderte und Ekelerreger?

Doch sie würde nicht aufgeben. Wieder startete sie einen Anlauf.

Und diesmal schien sie endlich den Richtigen gefunden zu haben: heiße Nächte, schöne Tagesausflüge. Jeder hat mal Glück.

Aber nicht Verona, denn als sie abends ausgingen und sie wieder mal richtig einen trinken wollte, sollte er in der Nacht das Auto fahren. Da gestand er, dass er nachtblind sei.

Verona hatte doch fest damit gerechnet, endlich ihre Zurückhaltung beim Alkoholkonsum aufgeben zu können, weil der neue Partner sie immer fahren würde. Was sollte sie mit jemandem, der so ein Handycup hatte?

Nein, nicht solche Kompromisse!! Und sein Geld saß auch nicht locker genug! Also trennte sie sich kurz entschlossen von ihm.

Immer krampfhafter wurde ihre Suche und sie lernte Duzende von Männern kennen.

Manchmal blieb es bei heißen Nächten und der Mann war danach wieder verschollen. Mal fiel dem Liebhaber plötzlich ein, dass seine Enkel in Deutschland ohne ihn nicht leben konnten und er verschwand klanglos aus ihrem Leben. Ein andermal nahm einer sie für eine Woche mit in ein Hotel und erzählte ihr von seinen ernsten Absichten. Dann reiste er heimlich ab, ohne die Rechnung zu begleichen. Ein Anwärter wollte mit ihr ein Geschäft aufbauen. Am Ende waren beide pleite und trennten sich.

So ging es fort und dabei verflogen die Jahre. Sie feierte inzwischen ihren 60. Geburtstag und zwar immer noch allein.

Zugegeben, Verona ist ein besonders tragischer Fall. Sie sucht und sucht, wählt, verwirft, hofft und sucht erneut.

Da ist es also durchaus möglich, dass auch Du ihr eines Tages in einer Partnerbörse begegnest.

Eine Bekannte von mir, der sie ihr Leid geklagt hatte, riet ihr etwas hintergründig, doch mal ihren Anzeigentext zu überdenken und schlug Verona folgende Version vor:

„Suche vermögenden, schlanken, toleranten, ordentlichen Antialkoholiker. Das Gegenteil bin ich selber"

Ein ganz normaler Mensch

Vor einiger Zeit konnte ich mich nützlich machen und meiner Nachbarin Irma helfen. Sie befand sich in einem absoluten Stimmungstief und bedurfte unbedingt des Zuspruchs.
Ihr Freund Max nämlich hatte sie schwer beleidigt. Er hatte behauptet, sie sei ein „Normalo"! Er hatte das vielleicht nicht böse gemeint, aber bei Irma war das nicht gut angekommen:
„Er verachtet mich, findet, ich sei stinknormal, also langweilig. Dabei kann er sich doch mit mir über jedes Buch, jeden Film unterhalten und ich bin freundlich und pflegeleicht. Er aber schwärmt von herrlich verrückten Leuten, von Leuten, die sich grundsätzlich so kleiden, dass sie überall aus dem Rahmen fallen, von Leuten, die Kontakt mit Geistern haben, von Menschen, die mit geheimnisvollen Andeutungen Aufmerksamkeit auf sich zu lenken verstehen. Ihm imponieren Männer, die überall lautstark verkünden, wie scharf sie auf Frauen wären und das ganz ohne Viagra. Er findet es auch toll, wenn jemand im Chaos lebt oder ständig auf Pump. Das sind echte Lebenskünstler und nicht langweilige Normalos, sagt Max."
Irma war jedenfalls daraufhin deprimiert: „Was soll ich nur tun? Weißt du nicht einen Flitz, den ich mir zulegen könnte? Ich möchte Max imponieren. Ich möchte ihn nicht verlieren."
Also machte ich ihr ein paar Vorschläge:
„Du könntest dir jeden Tag die Haare anders färben oder Dich kahl scheren.
Du könntest dir Löcher in die Kleidung schneiden, verschiedenfarbene Schuhe tragen, Dir deine Haut tätowie-

ren lassen, oder auf Esoterik machen.. Das ist doch jetzt sehr trendy."
Irma schüttelte immer nur den Kopf.
Endlich kam mir eine rettende Idee, ein brauchbarer Vorschlag:
„Du musst Max erklären, dass du absolut unnormal bist, weil du heutzutage noch normal bist."
Irma sah mich an wie eine Katze, die gerade gestolpert ist. Doch dann schien sie mich verstanden zu haben. Sie bedankte sich.
Als ich sie nach einiger Zeit wieder traf, erfuhr ich, dass sie Max selbst damit nicht überzeugen konnte. „Aber", erklärte sie, „ich habe ihm jetzt einfach den Laufpass gegeben." Dabei machte sie einen richtig glücklichen Eindruck.
Was war ich froh, dass meine Nachbarin Irma ihr Stimmungstief so erfolgreich überwunden hatte und vielleicht war meine Hilfe dabei nicht ganz unnütz gewesen. Jedenfalls hatte sie mir damit bewiesen, dass sie wirklich ein ganz normaler Mensch ist.

Tierbetreuung

„Also Mutti", erklärte mir meine erwachsene Tochter, „es wird alles gut geregelt sein, wenn wir für drei Wochen im Ausland Urlaub machen. Damit Du nicht zu viel Arbeit hast und so angebunden bist, denn Du müsstest ja für unsere fünf Tiere sorgen, haben wir das Angebot unserer Nachbarn angenommen. Sie wollen sich um die Tiere kümmern."
Das war sehr aufmerksam, denn ich hatte ja selber drei Tiere und wäre vielleicht mit der Betreuung von insgesamt acht Tieren, fünf Hunden und drei Katzen, doch etwas überfordert gewesen. Also war ich sehr einverstanden und wünschte Ihnen „gute Reise".
Die Tiere meiner Reiselustigen waren recht verwöhnt. Füttern war nicht die Hauptsache. Viel Geschmuse und Spaziergänge gehörten zu ihrem gewohnten Alltag und ich wusste aus Erfahrung, dass sie die Trennung schlecht akzeptierten würden. Besonders der englische Schäferhund und die dicke Samba mit dem Temperament eines Esels, kamen jedes Mal zu mir, wenn Frauchen und Herrchen abends mal ausgingen, denn unsere Wohnungen liegen dicht nebeneinander. Dann legten sie sich mir demonstrativ in den Weg und forderten Trost und Streicheleinheiten, die ich ihnen gerne gab. Doch was würde jetzt bei dreiwöchiger Trennung passieren? Würden sie sich von den Nachbarn füttern lassen und in ihrer gewohnten Umgebung bleiben?
Nun, es war jedenfalls so geplant. Doch der Plan war ohne die Hunde gemacht. Kaum hatten die Urlauber das Haus verlassen, beschloss der große Schäferhund sich bei mir einzuquartieren. Er legte sich mitten in die Stube und selbst meine eigene Hündin, Inka, konnte ihm den Platz nicht streitig machen. Sie musste, genau wie ich,

um ihn herum laufen und den Gast akzeptieren. Der fiepste Mitleid erregend und ich beeilte mich, ihm ein Leckerli zu bringen. Natürlich durfte er auch ein wenig mit mir schmusen, aber da sah ich, dass er noch weitere Gäste mitgebracht hatte, nämlich hunderte von Zecken. Die krabbelten jetzt plötzlich über meine hellen Fliesen. Ekelhaft, mein Besuchshund musste tausende davon beherbergen. Die blieben aber nicht bei ihm, denn er hatte ja vor der Abreise, wie alle Tiere, Behandlung mit einem Gegenmittel bekommen. Davon abgeschreckt verließen die Zecken den Hund fluchtartig. Doch man glaubt nicht, wie schnell solche kleinen Spinnentiere krabbeln können! Bald hatten einige die Wände erreicht und strebten der weißen Decke des Raumes zu. Andere begannen sich, an meinen Beinen hoch zu arbeiten. Ich kämpfte tapfer mit „Biospray" dagegen an. Doch es dauerte nicht lange, da traf die nächste Zeckenschleuder ein, nämlich Hund Samba, unser Dickkopf! Die dunklen Krabbelpunkte verdichteten sich. Wischen, sprühen, absammeln, vernichten- das ganze Programm.

Es war nicht mehr zu ändern, zwei der Hunde hatten die Fronten gewechselt und forderten nun von mir Betreuung und Zuwendung.

So waren die ersten vier Tage vergangen. Den Gasthunden waren inzwischen von nebenan die Fressnäpfe geholt worden und ich fütterte sie täglich.

Bald machten sie es sich bei mir richtig gemütlich. Die Polster des Sofas wurden nachts heimlich als Schlafplatz genutzt und morgens kündeten dunkle Schmutzflecke vom heimlichen Treiben. Gute Versteckmöglichkeiten fanden dort auch die Zecken.

Eine Woche, durch tägliche Jagdkämpfe gegen das Ungeziefer gut ausgefüllt, war vergangen. Da siedelte das dritte Tier zu mir über: der Kater Leo.

Der schien keine Zecken mitgebracht zu haben. Welche Erleichterung, das zu wissen. Aber auch er war bemüht, mir Beschäftigung zu verschaffen. Er fraß gut und reichlich und erbrach überall wurstförmige Gebilde, ein Gemisch aus Fellwolle und brauner Flüssigkeit. Das machte sich besonders dekorativ auf meinen sauberen, neu aufgedeckten Tischdecken.

Ich fühlte mich gut ausgelastet und genoss nebenbei als großer Tierfreund die mir großzügig geschenkten Schmusezuteilungen, die jedes Gefühl von Verlassenheit im Keime erstickten. Mit sechs Tieren, den drei eigenen und den drei Neuzugängen, war mein Leben ausgefüllt. Was war ich froh, dass die letzten zwei anscheinend ortstreu blieben!

Manchmal sah ich nach ihnen, aber sie schienen zufrieden zu sein. Doch da musste ich mich getäuscht haben, denn eine Woche später entschloss sich auch noch Hund Pepsi zu mir umzusiedeln. Nun hatte ich sein schrilles Kläffen dichter am Ohr und musste nicht mehr so lange schlafen.

Das war praktisch, denn morgens wollten meine Zöglinge ihre Extraration Milch trinken und wurden ungeduldig, denn ich schien in ihren Augen wohl eine rechte Schlafmütze zu sein. Ihr kräftiges Stupsen brachte mich schon in aller Frühe auf Trab.

Selbstverständlich erwarteten die vier Hunde von mir, dass ich mit ihnen Spaziergänge machte. und das konnte ich ihnen doch nicht abschlagen. Also ging ich mit meinen Vierbeinern Gassi.

Pech nur, dass ich zwar vier Leinen hatte, doch nur zwei Hände. Also ließ ich sie frei laufen. Nur Samba konnte ich das nicht gestatten. Ich hätte sie für Stunden nicht wieder gesehen und jede Kontrolle über sie verloren. Ich glaube aber, ich verkannte die Situation etwas. Sie hatte mich an der Leine und nur mein Körpergewicht konnte ihre freie Zielwahl etwas einschränken. Zum Glück war der Rest der Mannschaft folgsamer veranlagt. Aber ich wollte das Schicksal nicht herausfordern und beließ es daher meist bei Kurzausflügen. Mehrmals gab es dabei gefährliche Begegnungen mit fremden Hunden, die uns als Freiwild betrachteten. Ich sah schon im Geiste blutige Szenen vor mir, aber ein Hundeschutzengel musste uns beigestanden haben. Wir kamen jedes Mal unbeschadet nach Hause.

Die gemeinsamen Spaziergänge und die drohende Gefahr hatten uns zusammen geschweißt und so war es nur natürlich, dass meine Pflegehunde mit mir in mein Bett wollten. Aber klug wie sie waren, warteten sie damit, bis ich eingeschlafen war. Sofort hatten auch die Katzen die Zeichen der Zeit verstanden und am Morgen wurde es so eng in meinem Bett, dass ich kaum Luft bekam.

Jetzt hatten die Zecken kurze Wege bei ihren Wanderungen zu einem neuen Wirt und ich erwachte davon, vielleicht aber auch vom Sich-Kratzen der Hunde, das mein Bett heftig erzittern ließ. Es fiel mir nicht leicht, die um Zuwendung bemühten Tiere zu bitten, schleunigst mein Bett zu verlassen. Nur Samba hatte sich vornehm zurück gehalten und woanders geschlafen, nämlich auf meinem neuen Sofa, dessen Polster langsam von Rosa zu Grau mutierten. Da war eh alles zu spät.

Unerwartet mauzte es am nächsten Tag herzzerreißend an meiner Tür. Das letzte Tier, die Katze Miezi, war nach zwei Wochen vergeblicher Warterei auf Frauchen und Herrchen nun auch noch angereist und bat um Asyl. Ihr gutes Recht! Warum sollte ausgerechnet sie allein nebenan bei den Nachbarn bleiben, wo doch jedes Tier, das etwas auf sich hielt, längst ausgewandert war?

Jetzt hatte ich sie alle beisammen: acht herzige Vierbeiner, die alle auf meine Tierliebe setzten!
Ich weiß nun, dass Liebe sehr anstrengend sein kann.
Morgen kehren zum Glück meine Urlauber zurück und ich werde nach dem Auszug meiner Gäste mit umfassenden Reinigungsarbeiten beginnen. Gut so, denn man darf keinesfalls im Alter zu bequem werden.

Zufall oder Schicksal

Ich war an einen anderen Ort umgezogen. Wochen langes Räumen folgte, bis ich endlich wieder alles am richtigen Platz hatte und dabei verging viel Zeit. Doch nun war es geschafft und ich saß, noch ein wenig erschöpft, am Fenster meiner neuen Wohnung, blickte ins Grün. Ich versuchte zu entspannen und merkte plötzlich, dass mir etwas fehlte.

Es waren meine früheren netten Nachbarn, die ich vermisste und vor allem fehlte mir meine gute alte Freundin, die mich oft mit ihrem Überraschungsbesuch erfreut hatte.

Doch es würde sicher auch am neuen Ort nette Nachbarn geben und eine neue Freundin würde sich auch finden lassen. Allerdings müsste man dazu das Haus verlassen, unter Menschen gehen, denn niemand würde klingeln und zu mir sagen: „Ich möchte Deine neue Freundin sein".

Ein paar Nachbarn hatte ich schon kennen gelernt, doch die waren alle verheiratet, hatten Kinder und würden sicher wenig Zeit für mich haben können.

Also fuhr ich ins Zentrum und setzte mich in ein Cafe, mit der Absicht, dort jemanden kennen zu lernen, der zu mir passte.. Hierher kamen viele Leute und es würde sicher ganz einfach sein.

Doch ich hatte die Schwierigkeiten unterschätzt, denn niemand hatte mir was von „Fußangeln" oder „unpassenden Themen" gesagt. So sollte ich über die zwei Worte: „Zufall" und „Schicksal" ins Stolpern geraten, denn als in Gesprächen diese Worte fielen, hatte ich auf Anhieb zwei Freundinnen in spe verloren.

Aber der Reihe nach. Was war geschehen?

Eine Dame, etwa in meinem Alter, hatte sich zu mir gesetzt. Und während wir einen guten Kaffee tranken, kamen wir ins Gespräch.

„Ein schöner Zufall, dass wir uns hier getroffen haben", bemerkte ich.

„Zufall?" echote sie. „Ich hoffe doch, dass Sie wissen, dass jeder Zufall ein Werkzeug Gottes und seiner Engel ist oder manchmal auch ein Machwerk des Teufels sein kann. Damit zeigen sie uns ihre Existenz und Macht."

Ich antwortete nicht sofort, so überrascht war ich. Bisher hatte ich immer gedacht, Zufall sei etwas Unerwartetes, Unvorhersehbares und die dahinter stehenden Gesetze seien uns leider unbekannt.

Das versuchte ich zu erklären, aber meine Gesprächspartnerin konterte sofort: Ich wäre wohl Atheist oder sogar Kommunist und mir fehle völlig das Geistige. Dann wurde ich ausgiebig missioniert, solange bis es für mich nur noch einen Ausweg gab: die Flucht! Freundschaft? Unmöglich.

So war mein erster Versuch also gescheitert, denn die Weltanschauung sollte schon ein wenig passen. Aber ich würde weiter suchen.

Doch auch bei einer zweiten Gesprächspartnerin erlebte ich einen Reinfall. Diesmal wurde das Wort „Schicksal" zum Stolperstein.

Ich war vorsichtiger geworden und hatte mich mit Behauptungen zurück gehalten, aber das Wort „SCHICKSAL" war nun einmal gefallen. Und nun ließ die Dame einfach nicht mehr locker.

Schicksal sei vorgezeichnet, so wie den Gestirnen ihre Bahn. Darum stünde auch unser Schicksal in den Sternen. Zaghaft gab ich zu bedenken, dass alles Leben Gesetzen unterläge. Unzählige Faktoren, auch der Charakter und die Begabung, würden unser Schicksal mitbe-

stimmen. „Um Himmels Willen", bekam ich zur Antwort, „was haben Faktoren, Charakter und Begabung damit zu schaffen? Alles ist vorher bestimmt! Vertrau den Sternen!"
„Oder", setzte ich hinzu, „dann doch besser dem lieben Gott? Vielleicht auch den Hellsehern oder der Kartenlegerin, den Handlinienlesern und dem Kaffeesatz?"
Daraus entstand ein hässlicher Streit und am Ende war das kleine Pflänzchen Sympathie ausgerissen und ich hatte wieder keine Freundin gefunden.
Doch ich werde neue Gelegenheiten suchen und dabei in Zukunft um die Worte „Zufall und Schicksal" einen großen Bogen machen. Sie sind ungeeignet, zu philosophisch.
Andere Themen müssen her!
Das Wetter, die Preise, die Politik, die Verwandten, die Nachbarn und garantiert entsteht ein reges Gespräch. Dabei kann man gemeinsam so recht nach Herzenslust schimpfen.
Statt Meinungsaustausch Meinungsgleichklang. Dabei kommt man sich näher. Man ist sich einig und schon entsteht große Sympathie, weil Thema und Wellenlänge stimmen.
Ich denke, mit dieser Methode werde ich, wenn es „Zufall oder Schicksal" wollen, sicher mehr Erfolg haben und schon bald eine Freundin finden.

Zerknüll dieses Blatt

Nie hätte ich gedacht, dass einmal ein Stift und ein Blatt Papier meine besten Freunde sein könnten! Ihnen kann ich alles anvertrauen, sagen, was mich bewegt. Offene Ohren habe ich zu selten gefunden. Da ist es klüger, Probleme zu verbergen, sich gesellig zu zeigen, locker und fröhlich. Und was soll's auch? Andere können dir ja doch nicht helfen.
Und nur nicht zu große Nähe aufkommen lassen! Das schlägt nur Menschen in die Flucht oder ruft Abwehr hervor. Und du, wie eine Schnecke, deren Fühler auf Widerstand stoßen, musst dich ganz schnell zurückziehen.
Manchen macht es sogar Spaß, wenn sie deine empfindliche Haut entdeckt haben, mal ihre Nadeln auszuprobieren. „Sei doch nicht so empfindlich", bekommst du zu hören, wenn du zusammenzuckst.
Schnell sitzt du wieder in deinem schützenden Schneckenhaus und lobst dir Stift und Papier.
Es müssen schon viele vor dir so dagesessen haben und du denkst, darum gibt es wohl so viele Bücher. Aber die werden doch gelesen! Also haben die Menschen doch Interesse am Schicksal anderer?
Natürlich, denn das Buch kannst du schnell zuschlagen, kannst es beiseite legen, wenn deine Neugier gestillt ist. Von dir wird nichts verlangt. Du musst nicht helfen, stützen, eingreifen oder handeln. Dafür hast du den Buchpreis bezahlt und Geduld beim Lesen eingebracht. Und nun geht dich die Sache auch nichts mehr an.
Aber nein, so sind ja nicht alle Menschen.
Du zum Beispiel hast schon öfter versucht, jemandem zur Seite zu stehen. Der aber hat das Mitdenken und Mitfühlen als Bevormundung verstanden. Jetzt lässt du

jeden machen, was er will und du, du machst es genauso.
Du liebst Deine Freiheit und machst dein eigenes Ding. Ist doch dein gutes Recht, oder?
Und schon sitzt auch du im frei gewählten Schneckenhaus und greifst vereinsamt nach Stift und Papier. Du schreibst, obwohl du weißt, soviel kann gar nicht gedruckt werden, denn die Buchproduktion boomt.
Du schüttelst den Kopf? Oh, jetzt verstehe ich: Du hast einen wirklichen Freund gefunden, der dir gerne zuhört und dem du zuhörst?
Dann gratuliere ich dir und zerknüll dieses Blatt.

Wir sind Wohnhäuser

Weil Vergleiche meist hinken, ist das noch lange kein Grund, auf sie zu verzichten und Bewegungslosigkeit dem Hinken vorzuziehen, finde ich. Mich bewegt nämlich, wie Menschen miteinander umgehen. Bringen sie einander Verständnis und Interesse entgegen oder suchen sie das nur für sich selbst?
Ich brauche meine Mitmenschen und „Mitmensch" bedeutet mir soviel wie miteinander, mitfühlen, mitdenken, mitleiden, mitlachen. Das ist selbstverständlich?
Nein, nichts ist selbstverständlich!
Mein Gegenüber kommt mir vor wie ein Wohnhaus. Es hat alle Fenster geschlossen, kein Licht brennt, alle Türen sind verriegelt. Ich werde also nicht klingeln, das heißt ihn nicht ansprechen, weil ich jemanden suche, der für mich da ist oder für mich Zeit hat. Das Haus ist zu abweisend. Lieber suche ich nach einem anderen.
Bei einem nächsten ist die Tür nur angelehnt; einige Fenster sind hell. Man erwartet anscheinend Besuch und hat deshalb aufgeschlossen. Aber bin ich der, der erwartet wird und für den es aufgeschlossen ist? Das muss ich herausfinden. Vielleicht habe ich mich in der Adresse geirrt und muss ein weiteres Haus ansteuern.
Da sehe ich eines, das in Festbeleuchtung erstrahlt, jedes Fenster ist erleuchtet und die Türen sind weit geöffnet. Es hat eine schöne Fassade und wirkt sympathisch und einladend. Doch schnell erkenne ich, dass es schon überfüllt ist. In allen Räumen drängen sich Besucher. Da wird der Hausherr kaum Zeit für mich haben. Ich verzichte und gehe weiter.
Ein Wohnhaus liegt etwas abseits meiner Wanderstraße. Es sieht aus, als würde hier gelüftet. Sämtliche Türen und Fenster stehen weit offen, Licht brennt kaum.

Anscheinend will es der Hausherr jedem leicht machen, das Haus zu betreten. Hat er denn gar keine Angst, es könnten unliebsame Gäste kommen? Fürchtet er nicht, dass ein Sturm in alle Winkel seines Hauses fegen könnte und er selber dann nirgends Schutz finden würde? Hier möchte ich nicht eintreten.

Ich setze meinen Weg fort und finde ein Haus, dessen Türen offen sind, in dem ich nicht in Vorzimmern abgespeist werde, ein Haus, das durch Freundlichkeit und Herzenswärme wohltemperiert ist, in dem ich gern gesehen bin und meine Gastgeschenk, das Interesse am Leben des Hauseigners, freudig angenommen wird. Hier kann ich mich wie zu Hause fühlen und sehr gern werde auch ich ihn demnächst auch in mein Haus einladen.

Zwar bin ich auch manchmal gern allein, aber von Zeit zu Zeit freue ich mich, anderen Menschen zu begegnen, ganz besonders dann, wenn es Mitmenschen sind, deren Wohnhäuser mehr zeigen als nur eine schöne Fassade.

Verkehrte Welt

Verkehrte Welt- das sagen wir gern, wenn uns etwas verkehrt und unverständlich vorkommt. Dabei haben unser Verhalten und das „Verkehrte" oft den gleichen Ursprung, so wie zwei Eier von der gleichen Henne. Wir haben uns nur an das eigene Tun so gewöhnt, dass es uns richtig und normal erscheint. Erst der Blick auf andere öffnet uns die Augen
Die Dominikanische Republik ist für Touristen ein zu Recht beliebtes Reiseland und grenzenlos ist das Staunen der Europäer, wenn sie hier an Tagen vor den Wochenenden überall braunhäutige Dominikanerinnen sehen, die überdimensional große Köpfe zu haben scheinen, weil sie auf dem Kopf .unzählige großformatige , rohrdicke Lockenwickler tragen.
„Die Dominikanerinnen wollen sich für das Wochenende schön machen und nehmen sich nicht die Zeit, beim Friseur unter einer Haube zu sitzen, so wie in Europa, sondern nutzen die Sonne für den Trocknungsvorgang", vermuten die Touristen. Aber es ist anders.
Wünschen sich in Europa viele Frauen, die von Natur aus strähnenglattes Haar haben, eine lockig wallende Haarpracht, ist es hier genau umgekehrt. Die Lockenwickler sind Glattwickler und eine Paste soll das natürlich lockige Haar bändigen und Schnittlauch glatt machen
Die Frauen in Europa wollen, ebenso wie die Frauen hier, genau das Gegenteil von dem haben, was ihnen die Natur mitgegeben hat So betrachtet wird aus einem Unterschied etwas Gleiches.
Ein zweites Beispiel:
Die Sonne scheint hier fast täglich. Die Urlauber können davon gar nicht genug bekommen und legen sich am

Strand in die Sonne , um recht braun zu werden, denn das findet man schön Wie erstaunt sieht man da auf den Straßen Einheimische, die sich gegen die Sonne mit einem riesigen Schirm zu schützen suchen! Tun sie das ihrer Gesundheit wegen? Auch das stimmt nicht. Der Wunsch, so zu sein, wie man nicht ist, das ist auch in diesem Fall der wahre Grund. Die Europäer wünschen sich braun auszusehen, die braunhäutigen Dominikanerinnen möchten eine helle Haut besitzen!
Warum nur ist das nur so?
Es sind uns eingeredete Schönheitsnormen. Unsere Kulturen manipulieren uns solange, bis wir mit unserer eigenen Natur unzufrieden werden; zu dick, zu dünn, zu braun, zu hell, zu glatt, zu lockig
Alles nur weil das gut ist fürs Geschäft, also für den Umsatz bestimmter Schönheitsprodukte? Auch, aber hier gibt es dafür noch historische Wurzeln.
Die Dominikaner sind heute ein souveränes Land, aber einst lebten hier afrikanische Sklaven unter der Kolonialmacht der Spanier.
Schönsein, d.h. gut gekleidet sein, mit glattem Haar und heller Haut waren nur die Besatzer.
Die armen Sklaven waren krausköpfig und braun.
Wer wollte da nicht wenigstens äußerlich den Menschen des Glücks ähneln? Wer wollte arm und benachteiligt aussehen und an das traurige Sklavendasein erinnern?
Immer noch, auch nach vielen Generationen und längst zu einem vermischten, hübschen Volk von Mulatten geworden, bestehen diese Schönheitsideale. weiter.
Souveränität ist vielleicht mehr als politische Unabhängigkeit. Sie ist für Europäerinnen ebenso wie für Dominikanerinnen auch die Bejahung der eigenen Natur mit all ihren schönen Unterschieden und Befreiung von vorgegebenen Normen.

Wege zum Glücklichsein

Unser Leben ist vielen Schwankungen unterworfen und dabei geraten wir oft selber ins Schwanken und suchen irgendwo Halt. Jeder entwickelt dabei ganz besondere Vorlieben. Der eine sucht seinen Halt bei einem Gott, der andere bei einem lieben Menschen, der dritte Glück bei seinem Hobby. Viele finden auch ein Zentrum, einen Angelpunkt für ihr Leben. Darauf richten sie dann alles aus.

So dreht sich zum Beispiel bei manchen alles um Sex, oder um Geld, Macht und Ruhm, bei anderen ist es die Liebe, die Liebe zu Tier, Mensch und Natur. Auch Mitgefühl oder Hilfsbereitschaft können zu wichtigen Angelpunkten für ein erfülltes und glückliches Lebens werden.

Es gibt viele Wege und die können unterschiedlicher gar nicht sein.

Ich lernte in der Karibik einen ausgewanderten Europäer kennen, bei dem sich alles um Kunst und Fantasie drehte.

Besonders seine Fantasie trieb die schönsten Blüten. Da landeten in Nähe seines originellen „Kunstpalastes" allabendlich Raumschiffe aus fernen Galaxien und Aliens trieben in seinen Wohnräumen ihren Schabernack. Sie warfen Möbel durcheinander, schufen schreckliche Unordnung und dienten zur Erklärung des Chaos, in dem dieser Mann lebte. Der hatte sein großes Vermögen für archaisch anmutende dominikanische und haitianische Kunstwerke ausgegeben und lebte selbst in dieser einmaligen Sammlung wie ein Kunstobjekt. Immer war er in Geldnot, denn er entlohnte die Künstler, denen er ständig neue Aufträge erteilte und die für ihn tätig wurden, fürstlich. Er selbst lebte bescheiden und Lebensqualität bedeutete für ihn, in seinem Kunstmuseum wohnen zu können und täglich von Kunst umgeben zu sein. Er freute sich über Besucher, die seine Kunstbegeisterung teilten und führte sie gern durch die vielen Räume seines phantastischen „Kunstpalastes."

Bald hatte er den Ruf, ein „Verrückter" zu sein. Ich konnte dieses Wort nie so richtig leiden. Für mich war dieser Mann nicht verrückt, sondern eher abgerückt- abgerückt von den geltenden Normen, von Wirtschaftlichkeit und Profit, abgerückt von Luxusleben und Eigennutz.

Vielleicht war er auch entrückt, entrückt vom Alltag der Gewöhnlichkeit.

Wenn er über „seine" Kunst sprach, leuchteten seine Augen und ich erkannte, dieser Mann hat seinen ganz persönlichen Weg zum Glücklichsein gefunden.

Eigentlich suchen wir alle nach einem solchen Weg und jeder muss nur wissen, in welche Richtung er gehen möchte und woran er sich halten will.

Denn seinen Weg finden, ist das nicht vielleicht das wichtigste?

Christa Priewe

Lebensdaten

Christa Priewe wurde 1936 in Berlin geboren. An der Humboldt-Universität studierte sie Kunsterziehung und unterrichtete in Berlin.
50 Jahre lebte sie in glücklicher Ehe mit dem Schriftsteller Joachim Priewe.
Nach ihrer Pensionierung verlegten sie ihren Wohnsitz in die Dominikanische Republik. 2004 starb Joachim Priewe. Seither schreibt sie.
Kontakt: christa_priewe@yahoo.de

Nach seinem Tod veröffentlichte sie sein Buch
"Ein Strauß Gedichte"
(erschienen 2007 bei „Books on Demand" IBSN 9783837001914)

„Ein Strauß Gedichte" lässt die 50 glücklichen gemeinsamen Jahre wieder lebendig werden. Vier Lebensphasen, darunter das Leben in der Karibik, werden mit oft überschäumendem Humor, manchmal auch satirisch, ironisch oder ernsthaft, widergespiegelt.